KB063455

인간 놀이

dot. 11

윤이안

인간 놀이

아작

toc.

1

내가 외계인의 존재를 처음 알게 된 것은 얼마 전 개업했다는 선배의 뜨개질 공방에 개업 축하 선물을 들고 갔을 때였다.

주변의 누군가가 창업을 한 건 처음이었다. 무슨 선물을 해야 하는지도 몰라 집들이할 때 으레 사 들고 가는 두루마리 휴지 30롤(3겹 천연펄프 무형광 물질로 엄선했다)을 샀다. 그걸 낑낑대며 들고 사무실 앞까지 갔더니 선배는 그 건물 1층 카레집으로 나를 불렀다. 그리고 내게는 묻지도 않고 카레 우동과 버섯 카레를 주문했다. 카레를 앞에 두고 마주 앉아 있으려니 이 선배가 진짜 개업을 하긴 한 건가? 싶었다. 솔직히 이 인간이 공방을 개업했다는 게 그때까지도 실감이 나지 않았다. 선배는 내 앞으로 카레우동을 밀어주고 자신은 버섯 카레를 가져갔다. 그리고 이런저런 에두르는 말 없이 단도직입적으로, 자신이 사실 다른 차원에서 온 외계인이라고 말했다.

당연히 나는 선배가 농담하는 줄 알았다.

"다른 '행성'에서 온 게 아니고요?"

지구인에게는 외계인이라 하면 자동으로 떠올리게 되는 이미지가 있다. 나는 어릴 때 본 〈우주 전쟁〉 속 외계인의 형상(다리가 비정상적으로 긴 오징어의 모습이었다)과 우주에서 지구로 날아온 UFO 따위를 떠올리며 그렇게 물었고 선배는 한심하다는 기색을 숨기지 않으며 답했다.

"행성이라고 할 수도 있겠네. 다른 차원의 행성이니까. 그렇다고 외계인이 UFO를 타고 날아와서 지구인을 유괴한 다음 머리를 갈라 그 뇌를 가지고 실험하는 일은 일어나지 않을 테니까 안심해. 아, 물론 그 실험 부작용으로 초능력이 생기지도 않을 거야."

"그럼 지구엔 왜 왔어요?"

그 질문을 할 때까지도 나는 선배의 말을 믿지 않았다. 무슨 말을 하는지 궁금하니 장단이나 맞춰 주자는 심정이었다.

"지구 정복 같은 걸 하려는 것도 아니야. 그런 목적으로 지구에 들어오는 외차원인은 하나도 없을걸."

지구에 온 목적이 지구 정복도 아니고, 인간을 납치해 초능력 실험을 하려는 것도 아니라면 뭘까? 그런데 그게 나랑 무슨 상관이람? 나는 이 대화에 점점 흥미를 잃어가고 있었다. 외계인이니 외차원인이니 하는 말장난에도 대체 무슨 의미가 있는지(의미가 있기야 하겠지만) 알고 싶지 않았다.

"그런데 외계인이 무슨 뜨개질 공방을 차려요?"

선배는 눈에 띌 만큼 큰 덩치는 아니지만, 평균보다는 키도 크고 손도 큰 편이다. 하긴 그렇다고 해도 선배가 뜨개질 공방을 차린 건 의외의 선택은 아니었다. 우리는 대학의 수예 동아리에서 만났으니까. 선배는 이번에도 늘 입에 달고 다니는 말을 반복했다.

"그야 인간이 손으로 만들어낸 것 중 가장 조화로운 물건이니까. 이 아름다운 패턴 좀 봐."

그러고는 자신이 매고 있던 목도리를 풀어 내 눈

© LEE SU JUNG

앞에 들이밀었다. 내가 보기엔 어디로 보나 그냥 평범한 목도리였다. 선배는 내게 패턴의 아름다움을 설파하기 위한 사명을 띠고 지구에 내려온 외계인처럼 한참 패턴 이야기만 했다.

그러니 이날 이 대화가 내 인생을 영구히 바꿔놓을 줄 내가 어떻게 예상했겠는가.

아마도 인생이란 게 대충 이런 식인 것 같다. 나와는 전혀 상관없는 일인 줄 알았던 것이 어느 날 거대한 해일이 되어 내 삶을 덮치고 무너뜨리고 마는 것이다.

그럼 어떻게 해야 할까? 몇 가지의 선택지가 있다. 그 해일이 어디서 왔는지, 왜 하필 내 집, 내 마당을 덮치고 무너뜨린 건지 곱씹어보는 것이 첫 번째다. 이 방법은 별로 추천하고 싶지 않다. 사람이 정신 멀쩡히 견딜 만한 일이 아니기 때문이다(물론 해일로 내 집이 박살 난 다음 정신 멀쩡할 사람은 없겠지만 말이다). 두 번째는 파도에 저항하는 것이다. 이 방법도 그다지 추천하고 싶지 않다. 역시 인간이 감당할 만한 일이 아니기 때문이다. 세 번째는 그 거대한 파도에 몸을 맡기는 것이다. 내 집이 부서지건 마당이 엉망이 되건 간에. 이 경우 사람은 그대로 익사하거나, 아주

드문 확률로 파도를 타고 더 멀리 나아간다.

나는 파도에 몸을 맡기기로 했다.

✶

식어 빠진 튀김옷이 입안을 굴러다녔다.

짜장면 두 그릇에 서비스로 온 군만두 한 접시. 공짜로 온 만두니 다 식었다고 불평할 수도 없었다. 나는 기계적으로 음식물을 씹으며 부지런히 면을 목구멍으로 넘겼다. 요즘은 뭘 먹어도 맛있다는 기분이 들지 않는다.

곧 애들 하교 시간이었다. 도장으로 쏟아져 들어오기까지 고작 15분 남짓. 그사이에 짜장면 한 그릇과 만두 몇 개 정도는 해치울 수 있었다. 앞에 앉아 함께 짜장면을 먹던 관장님이 말했다.

"정민이 어머니가 오늘 할 얘기가 있다고 하던데."

나는 짜장면을 씹다 말고 "예?" 하고 되물었다.

"입에 있던 거는 다 먹고 말해."

핀잔을 준 관장님이 말을 이었다.

"왠지 감이 안 좋아. 촉이 딱 왔다, 은호야."

이제 눈치가 빤해진 나도 그 소리가 무슨 소린지

단번에 알아들었다. 학부모가 관장에게 할 얘기가 있다고 하면 열에 아홉은 그만둔다는 이야기였다.

"정민이 여기 오래 다닌 애 아니에요?"

기억하기로 정민이는 내가 이 태권도장에 사범으로 오기 전부터 다닌 애였다. 내 말에 관장님은 목에 핏대까지 세워가며 열변을 토하기 시작했다.

"그러니까! 왜 그만둔다는 거지? 지난달 소풍을 동네 공원으로 간 게 별로였나? 더 멀리, 어 그래, 어디 아쿠아리움이라도 갈 걸 그랬나? 아니지. 요새 대세는 워터파크인가?"

"진정하세요, 관장님. 당장 그만둔다는 얘기를 들은 것도 아니잖아요."

나는 건성으로 대답하며 남은 만두 하나를 입에 물었다. 잊을 만하면 한 번씩 돌아오는 관장님 레퍼토리였다. 관장님은 속 터진다는 듯 가슴을 탁탁 쳤다.

"너 이게 최후통첩이라는 거 몰라? 우리 이번 달 월세 메꾸고 나면 남는 거 진짜 없어. 네 월급도 간당간당한다고. 어머니가 그 할 얘기라는 거 꺼내기 전에 우리가 먼저 선수를 쳐야 해."

"어떻게요?"

말을 잠시 멈춘 관장님은 내 얼굴을 뚫어져라 쳐다보았다. 뭐가 묻었나 싶어 얼굴을 손으로 쓱쓱 닦아 봤지만, 손바닥에 묻어나는 건 짜장 소스뿐이었다.

"왜 그렇게 보세요? 부담스럽게."

관장님은 짜장 소스가 묻은 내 손을 덥석 잡았다.

"너. 그래, 은호야 앞으로 네가 학부모 상담 전담하는 거 어떠냐?"

안 그래도 애들 상대하면서 그 넘쳐나는 에너지를 감당하느라 죽어나는데. 초등학교 미취학 어린이들은 인간 에너자이저나 다름없었다. 그런데 학부모까지 상대하라고? 이건 애초에 생각한 근무 강도와는 차원이 다른 수준이었다. 나는 고개를 저었다.

"제가 학부모 상담을 어떻게 해요. 아무 말이나 해서 원생 다 떨어져 나가면 좋겠어요?"

그 말에 관장님은 잡고 있던 내 손을 놓으며 "아, 그렇지." 하고 중얼거렸다.

"너는 가끔 뇌를 안 거치고 말을 하는 게 문제다, 문제야."

관장님은 남의 속을 긁어놓고는 다시 짜장면을 먹기 시작했다. 이제 애들이 들이닥치기까지 5분도 안 남았다. 남은 짜장면을 입안에 욱여넣는데 관장님이 중얼거렸다.

"아니… 그래, 됐다. 그래도 애들이 유독 너를 잘 따르잖아. 그러니까 네가 정민이한테 좀 잘 말해봐. 사범님이랑 계속 태권도 같이 하고 싶지 않냐고."

그야 그 정도는 할 수 있지. 나는 대충 고개를 끄덕이며 입안에 있던 면을 넘겼다. 휴지를 구겨 얼굴을 닦고 문을 열자 저 밑에 계단에서부터 왁자지껄한 소리가 들리기 시작했다. 이어서 "사범님!" 하고 부르며 뛰어오는 고객님들이 보였다.

오늘도 소란한 하루의 시작이었다.

하교하고 온 아이들과 함께 도장을 구르고, 송판을 깨다보면 어느덧 하원 시간이 다가온다. 나는 한 시간 남짓 이어진 수업을 끝마치고 관장실 문을 두드렸다. 관장님이 대답하기도 전에 문을 열고 관장실에 걸려 있는 봉고차 키를 잡아채며 말했다.

"관장님, 저 애들 데려다주고 올게요."

"어어, 그래. 애들 집 앞까지 가서 내려줄 거지?"

관장님의 손에는 리모컨이 들려 있었고 마침 틀

어놓은 텔레비전에서는 뉴스가 흘러나오고 있었다.

오늘 새벽 주안시 화양동 농수로에서 발견된 시체에 관한 뉴스였다. 주안시에서만 두 번째였다.

관장님은 내가 그쪽으로 시선을 두자 당황하며 채널을 돌렸다. 나는 봉고차 키를 주머니에 쑤셔 넣었다. 이제 저런 뉴스에 일일이 마음이 무너지는 일은 없었다. 다만 아직도 잡히지 않았다는 사실에 화가 날 뿐이다.

이 동네는 신도시 개발 때문에 형성된 아파트가 많아서 애들이 유난히 많았다. 덕분에 태권도장 역시 성황이었지만 요즘 들어서 이제 도장에 그만 보내야겠다는 학부모가 늘어나고 있었다. 걱정되는 마음이야 이해가 간다. 저런 흉흉한 사건이 동네에서 계속해서 일어나면 자연스럽게 애들부터 챙기게 되지. 아직 어린아이나 청소년이 피해자로 발견됐다는 뉴스는 없지만.

관장님이 여전히 내 눈치를 보며 말했다.

"도대체 어떤 썩을 놈이 이런 작은 동네에서 저지랄을 하고 다니는 건지 모르겠다."

경찰 쪽에서는 사건에 대해 함구하고 있었지만,

언론은 연일 연쇄 살인 가능성을 두고 떠들어댔다. 사실 주안시에서만 일어난 일은 아니었다. 몇 달 전에는 서울, 그리고 또 그보다 앞선 몇 달 전에는 광주에서 똑같은 사건이 발생했었다.

언니가 죽은 지도 벌써 6개월째다.

언니는 주안시의 첫 번째 피해자였다. 이건 내 생각인데 사람이 생각지도 못한 불운을 당하면 정신에 이상한 일이 일어나는 것 같다. 그 증거로 장례식의 기억이 내게는 거의 남아 있지 않다. 장례가 끝난 후에는 일상으로 복귀했는데 그 후로 시간을 체험하는 감각 어딘가가 고장 난 것 같다.

하루를 멀쩡히 살아내고, 때로는 누군가를 만나 대화하기도 하고, 우스운 농담을 들으면 웃기도 한다. 언니가 없어도 세상은 멀쩡히 돌아가고, 나는 내게 주어진 일을 완수해야만 하기 때문이다. 그러나 기억에는 자주 구멍이 뚫리고, 함께 대화한 사람의 얼굴이 기억나지 않는다. 그리고 종종 생각한다. 이 동네에 살고 있는 누군가가 언니를 죽였어. 그 사람의 얼굴은 어제 만난 옆집 아저씨였다가, 동네 미장원 사장님이었다가, 어느 날은 관장님으로, 그리고 내 얼굴로 변하곤 했다.

누가 언니를 죽였지?

한 번 이 생각에 빠지기 시작하면 시간이 어떻게 흘렀는지도 모르게 지나가버리곤 했다. 내가 또다시 그 생각에 빠지려던 때 관장님이 혀를 차며 한탄했다.

"세상이 어찌 되려고 이러는지…. 말세야, 말세."

그 말에 나는 겨우 내가 있어야 하는 위치로 돌아왔다.

"그놈의 말세 좀 그만 찾으시고요. 다녀올게요."

관장님이 내 얼굴을 물끄러미 쳐다보더니 말했다.

"우습게 생각하지 말고 너도 조심해. 밤늦게 다니지 말고. 술 작작 마시고. 어?"

"관장님. 저 태권도 유단자예요."

"유단자는 칼 안 맞냐? 찌르면 피 안 나와? 아무리 날고 기어도 칼 든 미친놈한테는 못 당하는 거야."

오늘따라 잔소리가 늘어지시네. 나는 관장님의 말을 한 귀로 흘려들으며 문을 열고 나섰다. 봉고차에서 애들이 목 빠지게 기다리고 있었다. 서둘러 신발을 신고 계단을 내려가자 아니나 다를까 창문에 다닥다닥 붙은 꼬마들이 소리를 질러댔다.

"사범님! 오늘은 저 먼저 내려주는 날이에요!"

"아니야, 나 먼저야!"

"싸우지 말고. 싸운 사람은 제일 나중에 내려줄 거야. 다들 안전벨트 맸어?"

네에, 하는 대답이 삼중창으로 돌아왔다. 애들이 전부 탄 것을 확인한 후 운전석 쪽으로 걸어가는데 주머니에서 진동이 짧게 울렸다. 문자 메시지였다.

'오늘 올 거지?'

동아리 회장인 영주가 보낸 문자였다. 오랜만에 다들 모인다고 해서 기대가 큰 모양이었다. 그도 그럴 게 거의 1년 만의 모임이었다. 영주가 큰맘 먹고 추진하는 걸 알기에 지난주 통화할 땐 가겠다고 했지만, 막상 금요일 오후가 되자 피곤해졌다. 내일이 주말이라고는 해도 퇴근하고 지하철을 두어 시간 타고 서울까지 갔다가 다시 돌아오는 일정이 달가울 리 없었다. 운 나쁘면 막차 놓치고 다음 날 첫차까지 기다려야 할지도 모르고.

시동을 걸면서 짧게 한숨을 내쉬었다. 그런 마음을 아는지 문자가 연달아 들어왔다.

'오겠다고 해놓고 안 오기만 해봐.'

'이미 열 명으로 호프 예약 잡았다고.'

요즘도 열 명 예약을 받아주는 호프가 있네. 아마 학교 앞에 있는 호프집일 것이다. 휴학하고 나서는 학교 근처에 간 적이 한 번도 없는데. 거기까지 또 아득바득 가야 할 걸 생각하니 벌써 머리가 아팠다. 하지만 안 갈 수도 없었다. 안 가면 영주는 이 일로 최소한 반년은 괴롭혀댈 것이다.

나는 갈 거야, 하는 문자를 하나 보내놓고 운전대를 잡았다.

*

휴학 후 오랜만에 오는 학교 앞은 여전히 번잡하고 소란스러웠다. 학기 중이어서 그런지 몰라도 길거리에는 대학가 특유의 활기가 넘실거렸다. 아직 8시도 안 됐는데. 나는 문자로 들은 호프집의 이름을 입속으로 외며 눈으로 간판을 훑었다.

호프집의 문을 열고 들어서자 이미 한차례 흥이 오른 동기들이 반겨주었다. 규모가 크지 않은, 작은 호프집이어서 거의 동아리 모임이 전세를 낸 격이었다. 뭘 또 이렇게까지 했대. 나는 모자를 벗고 자리에 앉았다. 앉자마자 맥주잔에 소주와 맥주가 콸콸 부어졌다.

"일단 마셔! 오는 데 오래 걸렸냐?"

이미 얼굴이 불콰하게 달아오른 영주가 말했다. 나는 잔에 채워진 술을 마시며 대충 고개를 끄덕였다. 저녁을 먹기 전 빈속에 술이 들어가서 그런지 술이 식도를 타고 위장으로 들어가는 느낌이 선뜩했다. 앞에 놓인 치킨 그릇에서 날개를 골라 주워 먹으며 영주를 향해 물었다.

"내가 마지막이야?"

더 올 사람이 없느냐는 물음이었다. 대충 둘러보니 빈자리가 거의 없었다. 게다가 시간이 시간이니 올 만한 사람은 거의 다 왔다고 봐야 했다.

영주는 주변을 한 바퀴 휘휘 둘러보고는 "아! 정원 선배 아직 안 왔다." 하고 중얼거렸다. 그 소리에 나는 "그래?"라고 한마디만 대꾸하고는 다시 술잔을 잡았다. 어쩐지 안 보인다 했다. 그 선배는 어째 이런 날도 지각이었다.

한 번을 일찍 나타나는 법이 없지.

그나마 이런 자리라도 나타나는 게 다행이라고 해야 하나? 술잔에 남은 술을 입에 털어 넣으며 입구를 흘금거렸다.

그사이 술자리의 화제는 어느새 다음 주부터 시작된다는 그래피티 니팅으로 옮겨가 있었다.

겨울이 되면 나무에 직접 만든 뜨개옷을 입혀주는 일이다.

"이번에는 우리 동아리도 참여하기로 했어."

그 말에 또 한바탕 소란이 일었다. 패턴은 어떻게 하냐는 둥, 크기와 수량은 얼마나 되냐는 둥, 지금부터 준비하면 시간 안에 수량을 맞출 수 있냐는 둥 이야기가 우주적으로 뻗어나갔다. 나는 오징어 다리를 씹으며 동기들을 구경했다. 그런 모습을 보는 게 한두 번이 아니라 이제 대충 흘려들으며 넘길 수 있게 되었다.

제일 흥분해서 떠들던 영주가 물었다.

"이은호, 너도 같이 할 거지?"

"안 해."

한 자리에 가만히 앉아 머리를 싸매고 겉뜨기 안뜨기 겉뜨기 안뜨기 겉뜨기 안뜨기 생각만 하는 일을 휴학까지 하고 할까 보냐. 나는 영주의 황당한 제안을 한칼에 거절했다. 원래 동아리 활동에 그다지 열의를 갖고 임하는 편은 아니었다. 입부하고 2년이 지났지만 나는 여전히 그네들의 수예를 향한 열망에 조금도 감화되지 못했다.

그럼에도 동아리를 박차고 나가지 않은 건 이 수예 동아리 '블랙 니터'가 내 조건을 적당히 충족했기 때문이었다.

몸 쓰지 않는 동아리,

그리고 적당히 놀고먹을 수 있는 동아리.

태권도학과로 대학에 입학하고 나니 동아리는 몸 쓰는 일 말고 다른 일을 해보고 싶었다. 이왕 대학에 입학했으니 동아리는 들고 싶었고, 그게 이제까지 접해보지 않은 미지의 세계라면 더 좋겠다는 가벼운 마음가짐이었다. 입학한 지 얼마 되지 않아 캠퍼스에 동아리 홍보전이 열렸고 나는 설레는 마음으로 홍보전에 발을 들여놓았다.

중앙 도서관에서 본관으로 이어지는 대로에는 동아리 홍보 부스가 양쪽으로 길게 늘어서 있었다. 사람들은 이 길을 지나가는 신입생을 붙잡고 간식이라도 하나 더 손에 쥐여주며 자기네 부스로 끌어들이려고 난리였다. 내 앞으로 걸어가는 남자 둘은 벌써 온갖 간식거리로 손이 모자랄 지경이었다. 그러나 나를 붙잡는 부스는 단 한 군데도 없었다.

왜지? 의문은 길게 이어지지 않았다. 시선을 아래로 내리자 내 몰골이 눈에 들어왔다. 위아래 세트로 맞춰 입은 운동복, 삼선 슬리퍼 사이로 비죽이 튀어나온 발가락. 아마 신입생처럼 보이지 않았던 모양이다. 나는 홍보 부스의 냉대에도 불구하고 꿋꿋하게 걸었다. 오히려 좋다. 관심 없는 동아리 사람들과 대거리를 하지 않아도 됐으니까. 댄스 동아리, 풍물패 동아리, 그리고 서예 동아리를 거쳐 사진 동아리를 지나쳤다. 어디를 봐도 적당해 보이는 동아리가 없었다. 몸 쓰는 건 싫다고 생각했으니 풍물패 동아리나 댄스 동아리는 탈락이었다. 그렇다고 서예를 해보고 싶은 마음은 없었고 생전 만져보지도 않은 카메라를 인제 와서 배우고 싶지도 않았다.

다 땡이네. 속으로 생각하며 부스 거리를 걸었다. 양쪽으로 이어진 부스를 지나치는 동안, 여기도 저기도 아니라는 생각만 했더니 금세 피곤해졌다. 그나마 몸 쓰지 않는 동아리로 독서 토론 동아리가 적당해 보였으나 토론이라니. 그런 건 초등학교 사회 시간에 해본 게 마지막이었다.

부스 거리는 끝으로 갈수록 초라해졌다. 중앙 도서관 쪽 초입에 있는 부스는 알록달록한 풍선이나 패널로 장식된 곳들이 많았는데 본관 쪽으로 갈수록 부스에 성의가 없어졌다. 심지어 부스를 지키고 있는 사람도 몇 없었다.

본관 제일 앞의 부스는 특히 심했다. 가까운 강의실에서 대충 가지고 나온 듯한 책상과 의자 하나가 전부인 부스였다. 그리고 그 책상에는 머리를 샛노란 색으로 물들인 사람이 엎드려 자고 있었다.

우와, 촌스러워. 요즘도 저런 머리를 하는 사람이 있나? 윤기 없이 푸석해 보이는 머리카락이 허공에 붕붕 떠 있었다. 잦은 탈색의 결과물인 듯했다. 물론 나 역시 고등학교 졸업식과 함께 머리를 온갖 색으로 물들여봤으나 이미 그런 과거는 잊어버린 지 오래였다. 입학과 동시에 까만색으로 다시 물들였으니까. 체육대학 신입생이라는 게 그런 거였다. 나는 그 책상 앞에서 반걸음 물러났다.

다른 덴 몰라도 여기는 절대로 들지 말아야지. 그

렇게 다짐하며 돌아서려는데 책상에 엎드려 있던 사람이 인기척에 눈을 떴다. 이내 고개를 들고 비척비척 일어난 사람이 눈을 비비며 중얼거렸다.

"너무하네……. 우리 동아리가 어때서."

"예?"

순간 나는 내가 속으로 생각한 게 아니라 나도 모르게 입 밖으로 그 말을 내뱉었나 싶어 입을 다물었다. 눈치만 보며 그 사람을 쳐다보는데 이내 눈을 동그랗게 뜬 노란 머리가 나를 위아래로 훑어보았다. 그러고는 대뜸 물었다.

"너 뭐야?"

초면에 무례하다 싶을 말이었으나 그 남자는 눈이 무척 컸고 목소리는 감미로웠다. 순간적으로 내가 들은 말이 '너는 왜 여기에 서 있니?'로 번역되어 들리는 착각이 일 정도였다. 그러나 곧 정신을 차렸다. 나는 눈에 힘을 주고 노란 머리를 노려보았다. 뭔데 초면에 반말이야.

"신입생인데…요."

뒤에 붙인 요는 최소한의 양심이었다. 세상에는 자기보다 나이가 어리면 반말을 찍찍 뱉어도 된다고 생각하는 사람들이 있다. 불행히도 내 선배들 중에는 그런 인간이 칠 할은 됐다. 학습된 유교 정신이 이렇게 무섭다. 내 말에 남자는 "뭐?" 하고는 웃음을 터뜨렸다. 그러더니 책상 위에 올려놓았던 파일을 뒤져 종이를 하나 꺼내 건넸다. 받고 보니 입회원서였다.

"혹시 나중에 들고 싶어질지도 모르니까 그거 가져가."

웃기는 말이라고 생각했다. 나는 아직 이 동아리가 뭐 하는 동아리인지도 몰랐다. 남자는 내 시선에 뒤늦게 "요." 하고 덧붙이고 다시 웃었다.

그리고 패널을 가리켰고 나는 그제야 낡은 이젤 위에 올려진 홍보용 패널을 발견했다. 수예 동아리 '블랙 니터'. 무슨 수예 동아리 이름을 저렇게 지었대. 진짜 저세상 네이밍 센스다. 대충 그런 생각을 하며 이름 밑에 붙어 있는 작품을 마저 훑어보았다. 직접 뜬 듯한 티 코스터들을 연결해서 만든 조각보였다. 검은색 바탕에 수놓아진 샛노란 해바라기를 나는 꽤 오래 노려보았다. 그 밑에는 하늘의 별자리를 표현한 듯한 작품이 있었다.

저런 걸 만드는 게 재밌나?

남자는 뭔가를 기대하는 듯한 시선으로 나를 보았으나 불행히도 내게는 패턴의 복잡함이나 아름다움을 파악하는 능력이 없었다. 보기에 예쁘긴 했지만 그게 다였다.

내가 별자리 티 코스터를 한참 바라보자 남자는 이상한 질문을 했다.

"신입생 친구는 우주에 가고 싶다고 생각한 적 없어?"

이건 단칼에 대답할 수 있었다.

"없는데요?"

왜냐면 진짜로 그런 생각을 해본 적이 없었으므로. 하늘의 별을 보면 반짝반짝 예쁘구나, 하긴 했다. 그러나 그 생각을 끝으로 더 이상 생각이란 걸 이어가지 않았다. 누가 우주인 훈련을 받았다느니, 우주에 갔다느니, 위성 몇 호가 우주로 날아갔다느니 하는 건 다 다른 세상 이야기였다. 내 인생에서 하등 중요하지 않은, 남의 이야기. 내 대답에 남자는 다시 한번 하하, 웃음을 터뜨렸다.

"너 진짜 웃긴다."

그런 말은 태어나서 처음 들었다.

"제가요?"

"우주에 우리 말고 또 어떤 생명체가 살고 있을지도 모른다, 궁금하다는 생각도 해본 적 없어?"

"전혀요."

이제 슬슬 이 동아리의 정체가 '도를 아십니까' 같은 종류가 아닐까 의심이 들기 시작했다. 왜, 수예 동아리의 탈을 쓰고 있지만 외계인의 존재를 믿는 사람들 같은 거. 내가 그런 생각을 하는 사이 남자는 또 웃었다. 뭐가 그렇게 웃기는지 알 수 없었다.

허우대는 멀쩡한데 사람이 이상하다. 그렇게 결론을 내리고 도망가려고 했다. 그런데 막 인사하고 돌아서서 걸음을 떼려던 순간 남자가 말을 흘렸다.

"우리 동아리 들어오면 적당히 놀고먹기 괜찮아."

그 말에 발걸음을 멈췄다. 돌아보니 남자가 환하게 웃고 있었다.

"술도 많이 사주고."

절대 술 때문에 그런 건 아니지만 어쩌면 괜찮을지도. 이상한 사람이긴 하지만 나쁜 사람은 아닌 것 같다. 나는 이 노란 머리 남자에 대한 첫인상을 정정했다.

그게 정원 선배와의 첫 만남이었다.

동아리 활동은 정원 선배의 말대로 적당히 놀고 먹기 괜찮았다. 애초에 동아리에 사람이 그다지 많지 않았다. 내가 신입생으로 들어온 해에 들어온 동기가 영주를 포함해 다섯 명뿐이었으니 다른 동아리에 비하면 정말 한산했다. 무엇보다도 가장 좋은 건, 이래라저래라하는 사람이 없다는 거였다.

체육대학에 다니다 보면 그 '이래라저래라하는' 사람이 없는 공간은 일종의 도피처가 된다. 요즘 같은 세상에 얼차려 같은 구시대적 풍습이 남아 있지는 않았지만, 알게 모르게 선후배 간의 알력이 작용하는 건 사실이었다. 감히 선배가 하는 말에 토를 달아? 너 지난번에 엘리베이터 앞에서 나 보고 인사 안 하더라? 로 시작된 일장 연설은 요즘 애들은 말이야, 편하게 학교 다니면서 인사도 제대로 안 한다는 말로 마무리가 되곤 했다. 나는 입학 한 달 만에 적당히 눙치고 넘어가는 법을 익혔으나 그런 소음공해와 같은 말에 적당히 대거리할 말을 찾는 것도 솔직히 피곤한 일이었다.

동아리는 그런 시기에 내게 적당한 도피처가 되어주었다.

"난 솔직히 너 한 학기도 안 돼서 동아리 나갈 줄 알았는데."

여기저기 참견하고 나서 다시 자리로 돌아온 영주는 대뜸 그렇게 말했다. 나는 영주의 술잔에 소주와 맥주를 섞어서 부으며 물었다.

"왜?"

"그야… 너 뜨개질엔 관심 없잖아."

그래도 술 마시러 간다고 하면 여기저기 잘 껴서 따라다닌 게 신기하지. 영주는 그렇게 말하며 술잔을 잡았다.

"정원 선배는 오늘 못 온대."

"연락이 왔어?"

"아까 내가 해봤지. 갑자기 급한 일이 생겼다네."

그 선배 요새 뭐 하고 살길래 그렇게 바쁘지? 졸업 전까지는 한량 같더니. 영주는 그렇지 않냐고 내게 동의를 구했다. 나는 대강 고개를 주억거렸다. 머리가 핑 도는 게 그사이에 제법 마신 모양이라고, 느리게 돌아가는 머리로 생각했다.

그야 동아리방에 일도 없이 죽치고 있던 사람이니 그렇게 생각할 만했다. 할 일 없는 내가 동아리방

문을 열면 정원 선배는 늘 그 한쪽 자리가 푹 꺼진 소파에 앉아 있었다. 동아리 엠티니, 오티니 하는 행사와 그래피티 니팅 같은 봉사활동을 주도하는 사람도 정원 선배였다. 뜨개질이 그렇게 좋은가. 나는 여전히 그 열정을 조금도 이해하지 못했지만, 정원 선배가 어딜 가자고 하면 가고, 바늘을 잡아보라 하면 잡았다. 누군가가 무언가에 몰두한 모습을 보는 데에서 오는 심리적 안정감이 있는 걸지도 모른다고 스스로의 비합리적인 행동을 합리화했다.

그러나 그것도 올해 초 정원 선배가 졸업을 한 뒤로는 끝이었다.

졸업 후 백정원은 깔끔하게 자취를 감추었다.

“연락했다고? 그 선배 전화를 받긴 해?”

알코올 때문에 반만 정상적으로 돌아가던 머리에 누가 찬물을 한 바가지 부은 것 같았다. 나는 그렇게 말하며 고개를 돌려 영주의 얼굴을 보았다. 거짓말을 하는 것 같지는 않았다. 영주가 왜 이런 걸로 거짓말을 한단 말인가?

그렇다면 진실은 무엇인가.

정원 선배는 내 연락만 받지 않는 것이었다.

나는 느릿느릿 그 사실을 인정했다. 졸업식 이후 한동안은 정원 선배에게 연락할 구실이 없었다. 개인적으로 연락할 정도로 친한가? 하면 그렇지 않은 것 같기도 했다. 그러다 겨우 졸업 전에 마지막으로 찍었던 그래피티 니팅 사진을 전해주지 않았다는 것을 떠올렸다. 나는 사진을 전송하며 선배는 요즘 뭐 하고 지내느냐고 가벼운 안부 인사를 건넸다.

그런데 답이 없었다. 하루가 지나고, 이틀이 지나도 정원 선배에게 보낸 메시지 옆의 1은 사라지지 않았다. 나는 여러 번 부재중 전화를 남겨놓고, 그래도 연락이 되지 않자 걱정되니 연락 달라는 메시지를 남겨놓기도 했다. 그러나 그 모든 연락에도 여전히 답은 없었다.

오늘까지도.

처음엔 왜? 라고 생각했다. 왜 내 연락만. 그런데 정원 선배가 다른 사람 연락은 태연히 받는 꼴을 눈앞에서 목격하고 나니 걱정하고 마음을 졸였던 시간이 아까워졌다.

나는 테이블 끄트머리에 놓여 있던 소주를 병째 집어 들어 그대로 잔에 콸콸 들이부었다. 그리고 맥

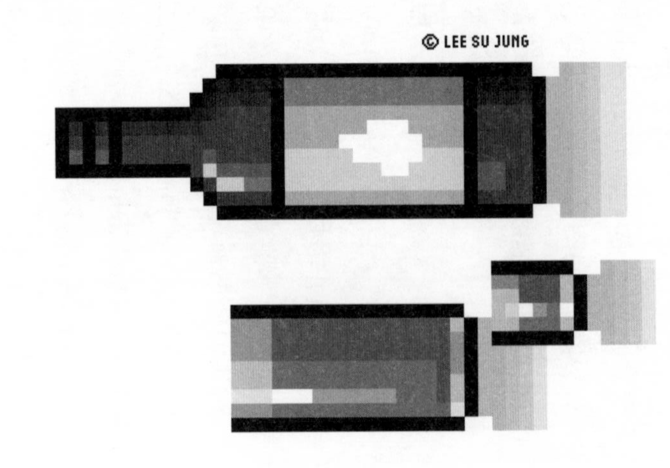

주를 섞지도 않은 채로 마시기 시작했다. 이미 주량은 한참 전에 넘긴지 오래였으나 신경 쓰지 않았다.

다 식어 빠진 치킨 조각을 입에 물었다. 식은 튀김옷의 맛은 그저 그랬다. 낮에 먹은 군만두의 맛과 비슷했다.

백정원이 좋은 선배였냐고 묻는다면, 좋은 선배일지는 몰라도 좋은 사람은 아니라고 대답할 수 있으리라. 정원 선배는 좋은 선배인 척 굴며 내게 대바늘을 다루는 법, 뜨개 도안을 읽는 법과 초심자도 할만한 유용한 패턴을 여럿 가르쳐주었다. 그러고서 넌 어째 가르쳐줘도 그 모양이냐고 구박만 해댔다. 그렇게 가르쳐줘도 나는 뜨개질에 재능이 전혀 없었는데, 정신 차려보면 어느새 목도리 하나 정도는 내 손 안에 완성되어 있었다.

우스운 것은 그렇게 배운 뜨개질이 내 삶을 어느 정도 구원했다는 것이다.

언니의 장례식이 끝난 후 그랬다.

*

얼마나 마셨더라.

정신을 차리기 무섭게 두통이 덮쳤다. 나는 얼굴을 찌푸리며 자리에서 일어나 더듬더듬 물을 찾았다. 그런데 늘 놓는 자리에 컵이 없었다.

간신히 눈을 뜨고 주변을 둘러보았다. 하얀 천장, 그리고 촌스러운 꽃무늬 벽지. 우리 집이 아니었다. 그 사실을 깨달음과 동시에 겨우 몸을 일으켜 세웠다. 시야가 핑 돌았다. 누군가가 머리에 대고 망치를 두들겨대는 것 같았다. 게다가 설상가상으로 토기가 치밀어 올랐다. 여기가 어딘지 파악할 새도 없이 화장실부터 찾아 달려갔다. 간밤에 먹은 것들의 안부를 확인하고 작별하고 나니 그제야 주변의 풍경이 눈에 들어왔다.

화려한 꽃무늬 벽지와 화장실의 구조를 보아하니 모텔인 것 같았다. 텔레비전보다 작은 냉장고에서 생수를 꺼내 마셨다. 찬물이 들어가자 정신이 조금 깨어나는 것도 같았다.

여기서 잠깐 내 몰골을 점검했다. 옷은 위아래 모

두 입고 있고, 주머니에는 스마트폰도 제대로 들어 있었다. 가방은 저 현관 언저리에 내팽개쳐져 있었고. 확인하니 잃어버린 물건도 없는 듯했다. 그런데 대체 무슨 정신으로 모텔비를 결제하고 여기까지 올라왔담? 최영주가 여기다 던져놓고 집에 돌아갔는지도 모를 일이었다.

집으로 돌아가야지. 토요일이니까 집에 가서 잠이나 자자. 집으로 가는 길이 천리만리처럼 느껴졌지만 여기서 더 뭉개고 있을 수도 없었다. 시간을 보니 벌써 10시였다. 퇴실 시간은 아마 11시일 테고.

그렇게 생각하며 냉장고 쪽에서 침대 쪽으로 걸어갈 때였다.

무언가가 발끝에 걸렸다. 반사적으로 고개를 숙였다. 발 사이에 걸린 걸 손으로 집어 들어 올려 보니 코트였다. 재질이 부드럽고 가벼운 캐시미어 코트. 한눈에 보기에도 비싸 보이는 옷이었다. 그리고 그런 비싼 코트가 내 코트일 리가. 나는 아울렛 폭탄 세일 행사 때 산, 아무 무늬 없는 검은색 패딩을 입고 나왔다.

"이게 왜 여기 있지?"

혼잣말을 중얼거리며 퍼뜩 침대 위로 시선을 돌렸다. 조금 전까지만 해도 당연히 이 방에는 나 혼자 있을 거라 생각했다. 만약에 내가 어제 누굴 데려왔다면?

그러나 침대 위에는 아무도 없었다. 구겨졌다 펴진 이불만 볼썽사납게 흩어져 있을 뿐.

나는 안도의 한숨을 쉬었다. 그대로 조금 더 시선을 돌리자 방바닥에 허물처럼 벗어놓은 패딩과 운동화 한 짝이 눈에 들어왔다. 저건 내 거다. 왜 현관이 아니라 방 한가운데에 운동화가 들어와 있는지는 모르겠지만. 그리고 그 운동화 옆에 구두 한 짝. 내가 손에 들고 있는 코트와 같이 신으면 아주 잘 맞는 한 쌍이 될 것 같은, 질 좋은 가죽 구두였다.

점점 불길한 기분이 들었다. 등줄기를 타고 식은땀이 흐르고, 심장이 쿵쾅거리는 소리가 입 밖으로 튀어나오려던 때, 나는 침대와 벽 사이 좁은 틈에 엎어져 있는 누군가를 발견했다. 이불 뭉치인가 싶었지만 그보다는 부피가 컸다. 그리고 그 좁은 틈새로 검붉은 자국이 길게 이어지고 있었다.

"피?"

나도 모르게 비명을 지르려다가 겨우 헛숨을 삼켰다. 피 흘리고 쓰러져 있는 저 미지의 생명체는 사람일까. 사람이겠지, 아무래도. 저기 코트와 구두를 보면 사람인 게 분명했다. 이 사람이 왜 모텔 구석에 피를 흘리고 널브러져 있는지는 모르겠지만.

내가 저지른 짓인가?

알 수 없었다. 지난밤의 기억은 휴지통에 넣고 영구 삭제 버튼을 누르기라도 한 것처럼 흔적도 없었다. 호프집에서 나올 때까지만 해도 누군가와 싸우거나 다툰 기억은 없는데. 내가 저지른 짓이면 어떡하지 하는 불안과, 그래도 사람이 다쳤는데 그대로 버리고 갈 수는 없다는 알량한 도덕심 사이 어디쯤에서 방황하다가 나는 겨우 용기를 내서 손을 뻗었다. 툭툭 건드려도 쓰러진 사람은 일어나질 않았다.

나는 그때까지도 설마 하는 생각을 하고 있었다. 피를 좀 흘렸기로서니 사람이 이렇게 쉽게 죽을 리가. 덜덜 떨리는 손을 간신히 진정시킨 후, 쓰러진 사람의 등에 손을 가져다 댔다. 입고 있는 하얀 와이셔츠는 이미 굳어버린 피로 얼룩덜룩했다. 손을 대자 어쩐지 싸늘한 찬기가 손바닥을 타고 전해지는 것 같았다. 나는 아닐 거라 중얼거리며 그 사람을 뒤집어 똑바로 눕혔다.

그러자 내가 지난밤 호프집에서 내내 욕했던 사람의 얼굴이 보였다. 정원 선배였다.

나는 잠시 아무것도 하지 못한 채 정원 선배의 얼굴을 응시했다. 반듯한 이마와 그 밑으로 이어지는 콧대, 얇은 입술까지. 내가 아는 백정원이 맞았다. 졸업하고 뭐 하고 사는지 아무도 모른다더니 멀쩡하기만 하잖아. 노랗던 머리카락은 검게 물들인 상태였다. 그래서 엎어져 있을 때 진작 알아보지 못한 거였다. 노란 머리였다고 해서 알아봤을 것 같지는 않지만.

문제는 백정원이 왜 여기, 피를 흘리며 쓰러져 있는가다.

가능성은 몇 가지가 있다. 첫째, 지난밤 내가 선배에게 연락해 불러냈다. 그리고 그동안 선배가 "넌 이렇게 쉬운 패턴도 못 떠? 그냥 겉뜨기, 안뜨기, 겉뜨기, 안뜨기만 하면 되잖아. 그걸 못 해?"라고 할 때마다 느꼈던 설움의 앙갚음을 했다. 그러나 내가 했다고 하기에는 상태가 지나치게 멀끔했다. 태권도 유단자에게 맞는다면 저 정도로 끝나지는 않는다. 두 번째, 지난밤 강도에게 당한 선배를 내가 구해서 모텔로 데리고 왔다. 이것도 잘 생각해보면 말이 되지 않는다. 강도에게 당한 사람을 봤을 때 제일 먼저 해야 할 일은 112에 신고하는 거지, 그 사람을 끌고 모텔에 들어오는 게 아니다. 세 번째, 어젯밤 선배가 갑자기 이 방에 난입했다. 이것도 현실성이 없어 보이긴 마찬가지다. 그럼 어제 내가 방문을 열어주었다는 건데 술에 취해 곯아떨어진 내가 그럴 정신이 있었을 것 같지 않았다.

도대체 선배는 왜 여기 있는 걸까?

그러나 일단 가장 중요한 건 그게 아니었다. 나는 선배의 코밑에 손가락을 가져다 댔다. 손이 덜덜 떨리는 바람에 코끝을 몇 번 후드득 두드리고 나서야 겨우 코밑에 손가락을 가져다 대는 데 성공했다.

그런데 숨을 쉬지 않았다.

는 아니고. 내가 체포되어 재판까지 받고 교도소에 수감되는 상상까지 마쳤을 즈음 손가락 끝에서 미약한 숨결이 느껴졌다. 작지만 어쨌든 숨을 쉬긴 쉬고 있었다.

나도 참았던 숨을 그제야 뱉었다. 죽지 않아서 정말 다행이다. 주머니에서 핸드폰을 꺼내 쥐었다. 신고해야 한다는 생각이 퍼뜩 들었는데, 이걸 경찰에 신고해야 하나 소방서에 신고해야 하나 갈피를 잡지 못하고 손가락이 숫자판의 2와 9를 맴돌았다. 그래도 병원에 먼저 가야 하지 않나? 역시 경찰인가? 병원? 경찰? 몇 번을 더 그렇게 갈등하다 결국 119로 결정하고 전화를 막 걸려던 순간, 손목이 턱 붙잡혔다.

"아… 시끄러워 죽겠네."

나는 기계적으로 고개를 돌렸다. 이건 귀신이야, 아니면 진짜 선배야?

"선배?"

"조용히 좀…."

그 말에 나는 입을 다물었다. 그러나 내가 눈을 뜨고 나서 뱉은 말이라고는 '이게 왜 여기 있지?'와 '피?' 단 두 마디뿐이었다. 나는 몹시 억울했다. 어디 다른 데서 들리는 소리를 말하는 건가 싶어서 창밖으로 귀를 기울여봤으나 들리는 소리라고는 간간이 지나가는 자동차 소리뿐이었다. 도대체 뭐가 시끄럽다고 하는 거야? 알 수가 없었다.

“선배, 정신이 좀 들어요? 일단 구급차 부를게요. 저기, 선배 많이 다친 것 같아요.”

마저 신고하기 위해 손을 떼어내려고 했는데 무슨 힘이 그렇게 센지 손이 떨어지지를 않았다. 선배가 더듬더듬 말했다.

“신고… 하지 마.”

“예? 왜요?”

“하지 말라면 하지 마.”

이해할 수가 없었다. 숨은 미약하기만 하고, 몸은 싸늘한데다 사방이 피투성이인데 신고하지 말라니. 그럼 나더러 어쩌란 말인가. 말없이 정원 선배의 얼굴을 응시하자 선배는 그제야 눈을 떴다. 짙은 아몬드 색 눈동자 안에 어딘가 얼이 빠진 내 얼굴이 비쳐 보였다. 희미하게 웃은 백정원이 말했다.

“이거, 내 피 아니야.”

그리고 선배는 그 한마디를 마지막으로 기절해버렸다.

결국 모텔 시간을 연장했다.

기절한 정원 선배를 맨바닥에 그대로 내버려둔

채로 나는 침대 위에 웅크리고 앉았다.

틀어놓은 텔레비전에서는 뉴스 속보가 흘러나오고 있었다.

'경찰은 어제 아침 주안시에서 추가로 발견된 시신에서 지난번 사건과 같은 특징을 발견했다고 발표했습니다. 그러나 벌써 9개월째 이어진 연쇄 살인 행각의 실마리조차 잡지 못하는 모습입니다. 자세한 이야기는 현장에 나가 있는 리포터 연결하겠습니다.'

어느 채널을 틀어도 비슷한 뉴스 일색이었다. 올해 초부터 이어진 연쇄 살인과 지금 이 방에 기절해 있는 피투성이의 학교 선배를 연결 짓는 건 어렵지 않은 일이었다. 아니면 내가 지금 과대망상에 빠진 것일까? 어쩌면 그럴지도 모른다. 실제로 내가 지난 몇 달 동안 한 일이라고는 누가 언니를 죽였는지 의심하는 것뿐이었기 때문이다. 그런 짓만 몇 달 동안 반복하다 보면 주변의 모든 사람을 의심하게 된다. 나를 포함하여 말이다(그날 내 행동에서 뭔가 잘못된 점은 없었나? 막을 수 있는 여지는 없었나?).

정원 선배는 저 피가 자신의 피가 아니라 했다. 본인 피가 아니라면 남의 피라는 소리일 텐데, 저렇

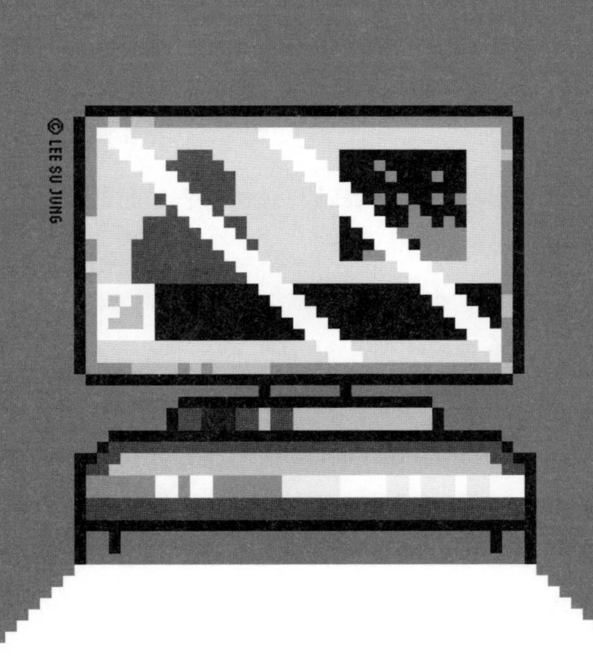

게 피투성이가 될 정도로 피를 뒤집어쓸 일이 뭐가 있는지 내가 상상할 수 있는 범위 내에선 떠오르지 않았다. 신고하지 말라는 것도 수상하기 짝이 없다.

정말로 선배가 몇 개월째 이어진 연쇄 살인의 범인일까?

선배가 졸업한 달과 최초의 사건이 일어난 시기를 맞춰 보니 대강 일치하는 것 같기도 했다.

침을 삼키자 목구멍이 쓰리고 아팠다. 물을 마셔도 해갈되지 않는 걸 보면 단순한 갈증 때문인 것은 아닌 게 확실했다.

준법 시민이라면, 그리고 정신이 똑바로 박혀 있다면 내가 여기서 해야 할 일은 정원 선배를 신고하고 뒤도 돌아보지 않고 도망치는 일일 것이다. 아니면 지금 당장 선배를 깨워 네가 이 일련의 사건의 범인이냐, 추궁하는 방법도 있다. 나는 내가 해야 할 일을 분명히 알고 있었다. 그리고 내 손에는 신고를 도와줄 스마트폰이 들려 있었고. 그러니 신고해야 마땅한 일인데.

어느새 1시간째 이어진 뉴스가 끝났다. 엇 하는 사이 돌침대 광고도 끝나고, 대리운전 1588 광고,

암보험 진단만 받아도 천만 원 광고가 끝날 때까지도 텔레비전에서 눈을 떼지 못했다. 재미있어서? 맨날 보는 광고에 재미있을 구석이 어디 있단 말인가. 심경이 더럽게 복잡해서였다.

동아리에 들어오고 나서 작년 내내 지겹게도 붙어 다녔던 사이였다. 정원 선배 쪽에서는 졸업하면 끝인 인연이라고 생각했을지는 몰라도 내 쪽에서는 나름 친해졌다고 생각했었다. 물론 좋은 선배는 맞을지 몰라도 좋은 사람은 아니라고 생각했었던 것도 사실이다. 하지만 그건 인간이 약아서 짜증 났던 거지. 정말로 사람을 죽이리라고, 그럴 수 있을 정도로 나쁜 사람일 거라 생각했던 건 아니었다.

몇 번을 되풀이해도 이 인간이 살인 사건의 범인 같은 게 될 수 있으리라는 생각이 도무지 들지 않았다. 모든 정황이 정원 선배가 범인일 수도 있다는 가능성으로 수렴되고 있는데도.

나는 결국 정원 선배가 눈을 다시 뜰 때까지 신고도 하지 못하고 도망도 가지 못했다.

*

순댓국 두 그릇을 나란히 앞에 두고 앉은 테이블에는 정적이 흘렀다. 결국 먼저 입을 뗀 건 내 쪽이었다. 궁금한 사람이 물어봐야지, 어쩌겠나.

"선배, 나한테 할 말 없어요?"

"없는데?"

대답이 성의가 없었다. 새카맣게 변해서 잘 지워지지도 않는 핏자국을 지우고, 근처 가게에서 옷까지 사다 갈아입히고, 시키는 대로 구급차나 경찰을 부르지도 않았는데. 돌아오는 대답이 이러면 마더 테레사라도 울고 가지 않을까. 정원 선배는 순댓국에 밥을 말아 넣으며 물었다.

"내가 해명해야 한다고 생각해?"

당연하지.

"내가 왜?"

그렇게 물으니 또 할 말이 없었다. 내가 너를 도와주었으니 너는 내게 해명해야 한다는 논리가 갑자기 도둑놈 심보처럼 느껴지기 시작했다. 물에 빠진 놈을 구해줬다고 해서 그 봇짐까지 내놓으라 할 수는 없는 법이지. 잠깐, 그런데 내가 방금 그 말을 했던가?

"네 생각이야 빤하지."

정원 선배는 종종 사람의 저 밑바닥까지 훤히 들여다본 것처럼 말을 했다. 어쩌면 그건 내가 지나치게 단순한 인간이어서 그런지도 몰랐다. 선배는 옅게 한숨을 쉬며 말했다.

"은호야. 내가 여기서 변명하거나 해명하면 곤란해지는 게 누구라고 생각해?"

그런 생각까지는 해보지 않았다. 선배는 그럴 줄 알았다는 듯 말을 이었다.

"넌 그냥 아무것도 몰랐다고 하면 돼. 혹시 이다음에 누가 찾아오면 눈을 떠보니까 웬 잘 모르는 선배가 정신을 잃고 쓰러져 있길래 도망쳤다고 해."

"누가 찾아올 거라는 말이에요, 그거?"

"아니. 예를 들면 그렇다는 거야."

정원 선배의 말에서 반박하고 싶은 부분은 한두 군데가 아니었다. 웬 잘 모르는 선배? 그럼 저 인간은 그동안 나를 그렇게 생각해 왔단 말인가? 웬 잘 모르는 후배 정도로? 작년 내내 나를 끌고 동대문 털실 시장, 남대문 시장, 중앙 시장, 심지어는 서문 시장까지 다녀놓고? 하긴 뜨개질만 하고 다녔으니 잘 모른다고 하는 말은 어쩌면 진실일지도 모른다. 우리는 대부분의 시간을 무언가를 뜨며 보냈다. 덕분에 집에는 직접 뜬 목도리와 손가방, 스웨터, 그리고 티 코스터로 가득 찼다. 아마 선배네 집도 마찬가지일 것이다. 그 외에 나는 정원 선배에 대해 아는 게 없었다. 선배가 지금 뭘 하고 돌아다니는지 모르고, 선배 역시 내가 뭐 하고 사는지 알지도 못했으리라.

그렇다고 해서 내가 저 말에 동의한다는 얘기는 아니다. 인류 역사에서 아직도 논란 중인 두 명제가 있는데 내가 보기엔 둘 다 맞는 말이다. 모르는 게 약인 것도 사실. 그리고 아는 게 힘이란 말도 사실. 물론 대부분의 일에서 모르는 게 약이라는 명제가 승리하는 것도 맞다.

"난 그래도 알아야겠다면요?"

이대로 돌아가면 나는 정원 선배가 언니를 죽인 범인인가, 아닌가 하는 의심 속에서 평생을 괴로워하며 지내야 할지도 모른다. 아닌가. 평생은 아닐지도 모르겠다. 내 인생의 일부를 괴로워하며 지내야 하는데 그것 역시 만만히 볼 게 아니다. 스트레스는 만병의 근원이니까.

선배는 고개를 기울여 내 얼굴을 잠시 바라보았다.

"모르는 게 나을 텐데."

그 말에 나는 조용히 선배의 멱살을 끌어당겼다. 우당탕 소리와 함께 의자가 뒤로 넘어갔다. 순댓국은 아슬아슬하게 쏟아지지는 않았다.

머리를 검은색으로 물들이긴 했어도 다듬지는 않은 모양인지 선배의 양 뺨 옆으로 머리칼이 흔들렸다. 화가 난 것은 아니었다. 화를 내서 무엇을 한단 말인가. 진짜다. 내가 멱살을 쥐고 몇 번 짤짤 흔들자 정원 선배는 결국 두 손을 들었다.

"정말 들어야겠어?"

"네."

"그럼 한 가지만 말해줄게. 내가 죽인 게 아니야."

정원 선배는 또 내가 어떤 생각을 하고 있는지 들여다본 사람처럼 말했다.

"그 연쇄 살인 사건 생각하고 있잖아."

물론 그렇긴 했다. 그러나 내가 죽인 게 아니라고 해서 예, 아니군요 하고 돌아설 사람이 몇이나 되겠는가? 나는 선배의 면상을 위아래로 훑었다.

이 인간 말을 어떻게 믿어?

"믿기 싫으면 말고."

아무런 증거도 없이 그렇게 말하면 나는 알겠다고 하고 돌아가야 하나? 슬슬 열이 받았다. 정원 선배가 나를 바보 취급하고 있다는 건 잘 알겠다.

"그 피, 선배 피가 아니라고 했잖아요. 그럼 다른 사람 피라는 건데 선배가 죽이지 않았다는 게 말이 돼요? 도대체 무슨 짓을 하고 다니는 거예요? 그리고 어제 안 온다더니 갑자기 여기까지는 어떻게 온 거예요?"

내가 눈을 뜬 곳은 어제 모임이 있었던 호프집 근처 골목에 있는 작은 모텔이었다. 아무래도 술에 너무 취하는 바람에 집에 가질 못하고 근처 모텔이라도 찾아 들어온 모양이었다. 거기까진 그럴 수 있다. 문제는 못 온다던 정원 선배가 왜 갑자기 이 동네에 나타나 내가 들어온 모텔방에서 같이 발견되었는가, 하는 점이다. 영주가 말하길 분명 선배는 못 온다고 했었다.

"그 근처를 지나는 길이었어."

지금 그 말을 믿으라고?

"믿지 않아도 사실이야."

"그럼 내가 묵는 방에는 어떻게 들어왔는데요?"

그러자 정원 선배는 가볍게 콧등을 찡그렸다. 지금까지는 막힘 없이 술술 내뱉더니 처음으로 말문이 막힌 듯했다.

그 모습을 보며 역시 경찰에 신고해야겠다고 생각할 때였다.

"경찰에 신고하는 건 별로 추천하고 싶지 않아. 정 신고하고 싶다면 좀 미뤘다가 해. 거기 신고 해봤자 귀찮고 번거로운 일만 잔뜩 생길 테니까."

선배는 그렇게 말했고 나는 그 말이 무엇을 뜻하는지 어렵지 않게 알았다. 경찰에 신고해본 적은 없지만 대충 짐작이 갔다. 이런 연쇄 살인 같은 거에 얽히면 어떻게 될지는 자명했다. 재수가 없으면 정원 선배와 공범으로 몰릴 수도 있었다. 이미 피투성이가 된 선배의 옷을 갖다 버리고, 핏자국을 지우고, 증거를 없는 것으로 만들어버렸으니까. 그게 미치고 팔짝 뛸 노릇인 거다. 나는 이미 한 배에 타버렸는데, 이 미친 선장이 어디로 가고 있는지 전혀 모르고 있었다.

정원 선배는 순댓국을 앞에 두고도 전혀 먹질 못

하는 내 손에 억지로 수저를 쥐여주며 말했다.

"은호야, 내 말 믿어야 해."

목소리는 전에 없이 다정했다. 이렇게 말하는 놈 치고 믿을 만한 놈은 하나도 없다. 나도 안다. 선배는 말을 이었다.

"잘 들어. 아마 이쪽 경찰에서는 쉬쉬하는 모양인데, 그 연쇄 살인 피해자들의 시신에서는 혈흔이 발견되지 않았어. 대체 언제까지 숨길 수 있을지는 모르겠지만. 그러니 내 옷에 묻은 피가 피해자들의 피일 리는 없어."

정원 선배는 단언했다. 혈흔이 남지 않은 시신이라니. 그런 게 가능하단 말인가?

"피를 흘리지 않았단 말이에요?"

"그래."

그럼 액사(縊死)라도 했다는 건가. 하지만 언니의 시신을 보러 갔을 때 목이 졸렸다거나 하는 흔적은 보이지 않았다. 부검을 마쳤을 때도 경찰은 내게 그런 말은 일언반구도 없었다.

선배가 하는 말이 사실일까? 하지만 뉴스나 기사에도 나오지 않은 정보를 선배는 어떻게 알고 있는 걸까? 알고 보니 졸업하고 경찰 공무원 시험이라도 쳤나? 경찰 관계자가 아니고서는 알 수 없을 법한 정보들이 술술 쏟아졌다. 그러나 일반 순경이 알 수 있을 정보 같지도 않았다.

나는 결국 도로 수저를 내려놓으며 물을 수밖에 없었다.

"…선배는 도대체 뭐 하는 사람이에요?"

물론 그 질문에 돌아오는 답은 없었다. 정원 선배는 평소처럼 실실 웃기만 할 뿐, 늘 그랬던 것처럼 나는 별 관심도 없는 뜨개 무늬 이야기를 늘어놓기나 했다.

나는 조용히 확신했다. 선배가 이 연쇄 살인 사건의 실마리를 쥐고 있다고. 그리고 나는 그 실낱같은 단서에도 매달릴 수밖에 없는 처지였다.

몇 개월간 이어진 살아 있는 지옥 속에서 내가 줄곧 생각했던 것이 하나 있었다.

이 지옥은 범인을 잡지 못하면, 언니가 죽은 이유를 밝혀내지 못하면 끝나지 않는다.

*

그날 이후 정원 선배는 연락 한 통 없었다. 내 전화를 받지 않는 것도 여전했다. 내 쪽에서는 선배에게 연락할 수단이나 방법이 전혀 없었다. 선배에게 연락하기 위해서는 영주를 거치는 방법밖에 없다는 소리였다. 하는 수 없이 영주에게 연락을 했고, 나는 어느새 그래피티 니팅 모임에 끼어 있었다. 선배가 나온다는 이야기는 없었지만 뾰족한 수가 없었다.

초겨울치고는 밤이 쌀쌀했다. 나는 몸을 조금 움츠리고는 눈앞의 가로수를 올려다보았다. 입고 온 패딩 점퍼를 조금 전에 동기 중 한 명에게 빌려주는 바람에 더 추운 것 같았다.

서울 공기가 영 별로라 그런지, 아니면 오늘 유난히 구름이 많이 껴서 그런지 하늘이 흐렸다. 그사이 동아리 애들이 떠온 직물들을 모아온 영주가 물었다.

"무슨 바람이 불어서 나왔대? 내일 출근이라며."

"내 맘이야."

"정원 선배는 온단 말 없었어."

"누가 뭐래?"

“그냥 그렇다고.”

선배가 연쇄 살인의 단서를 쥐고 있는 것 같단 말을 할 수는 없었기에 나는 입을 다물었다. 영주가 말했다.

“졸업전까지만 해도 이런 행사에 빠지는 법이 없던 양반이 별일이네.”

“그러게.”

어쩌면 지금쯤 연쇄 살인 사건의 용의자가 되어 도망 다니고 있을지도 모른다. 그러다 어느 날엔 결국 그날 모텔에서 정원 선배를 도와주고 놓아준 나한테까지 형사들이 찾아오겠지. 그리고 내게 물을 것이다. 언니를 죽인 범인을 왜 놓아줬나요? 나는 끔찍한 상상을 하며 숨을 죽였다. 영주는 아무렇지도 않게 말을 이었다.

“하긴 창업하면 처음엔 많이 바쁘다더라고.”

“창업?”

“정원 선배 가게 차렸다는 얘기, 너 못 들었어?”

누가 머리를 망치로 한 대 내리친 것 같았다. 잠시 멍하니 영주의 얼굴을 바라보았지만, 내가 잘못 들은 것 같지는 않았다.

"그 인간이? 무슨 가게를 해?"

영주는 잠시 핸드폰을 내려놓고는 메고 있던 가방을 뒤적거렸다. 그리고 지갑에서 작은 종이 하나를 꺼내 건넸다.

"이거 봐, 명함. 동아리 애들한테 한 장씩 다 돌렸길래 난 당연히 너도 받은 줄 알았지. 왜, 지난번에 학교에 찾아왔잖아. 너는 휴학해서 몰랐나?"

금시초문이었다. 정원 선배가 가게를 차렸다는 이야기도, 학교에 와서 명함을 돌렸다는 이야기도 처음 들었다. 얼굴이 털실로 만들어진 아기자기한 캐릭터가 배경으로 인쇄된 분홍색 명함이 보였다. 뭐 하는 가게인지 대강 짐작이 갔으나 짐짓 모른 척 물었다.

"이게 도대체 뭐 하는 가게야?"

"뜨개질 공방이라던데. 자수도 하고."

"공방이라고?"

선배가 뜨개질 공방을 차린 건 의외의 선택은 아니었다. 우리 동아리에서는 정원 선배가 제일 뜨개질에 열성이었고, 또 잘 뜨기도 했으니까. 물론 선배가 원데이 클래스를 열거나 손님에게 살갑게 대하는 모습 같은 건 잘 상상이 가지 않았다.

내가 무언가를 더 묻기 전에 영주는 손에 들고 있던 것들을 떠넘기며 말했다.

"이거 나무 몸통에 끼워. 단추 안 떨어지게 조심해서. 오늘 300그루 다 하고 가려면 시간 없어."

"300그루나 신청했어?"

"그 정도는 해야 해."

"그럼 애들이 이걸 300개나 떠 왔단 말이야?"

"당연하지."

나는 내 손에 든 것의 개수를 세어보았다. 내가 든 것만 해도 족히 서른 개는 될 것 같았다. 나더러 떠오라고 하지 않아서 몰랐는데 300개라니, 고작 며칠 사이에 이걸 다 떠온 사람들도 정상은 아니었다.

"근데 왜 나한테는 떠오라고 안 했어?"

"몰라서 물어?"

나는 입을 다물고 최대한 조용히, 그러나 신속하게 나무 몸통에 뜨개옷을 입히기 시작했다.

아무래도 오늘 정원 선배를 잡는 건 무리일 것 같았다.

그런데 그때 저 멀리 공원 쪽에서 카메라를 들고

서 있던 누군가가 헐레벌떡 우리 쪽으로 뛰어왔다. 그리고 곧장 영주에게 다가와 물었다.

"영주야, 너 나연이 못 봤어?"

자세히 보니 동아리 동기 중 하나였다. 아까 오늘은 같은 과 친구가 그래피티 니팅이 뭔지 궁금하다고 해서 같이 왔다고, 잘하면 뜨개 인구가 한 명 더 늘어날지도 모른다고 신이 나서 떠들어대던 녀석이었다. 영주가 고개를 젓자 그 애는 같이 온 친구가 사라졌다고 말을 이었다. 영주는 대수롭지 않게 대꾸했다.

"화장실이라도 갔나 보지. 아니면 편의점 간 거 아냐? 좀 기다리면 금방 올 거야. 공원에서 가면 어디로 가겠어?"

"그런 문제가 아니야."

안 그래도 하얗던 녀석의 얼굴이 이제는 새파랗게 질려 있었다. 두서없는 말이 이어졌다. 그 말을 하는 목소리까지 후들후들 떨리고 있어서 나는 그제야 무슨 일이 벌어졌다는 걸 알았다.

동기의 말에 따르면 친구는 잠시 눈을 돌린 사이

한순간에 사라져버렸다고 한다. 친구를 두고 잠시 핸드폰을 들여다본, 그 찰나에. 편의점에 가서 컵라면을 사 올까 떠들어대던 목소리가 먼저 사라졌고, 뒤이어 그 애가 들고 있던 카메라가 바닥에 떨어지면서 깨지는 소리가 났으며, 그 소리에 동기가 고개를 돌리자 그 자리에는 이미 아무도 없었다고. 꿈을 꾸는 건가. 내가 뭔가 착각을 한 거겠지. 그사이에 편의점에 간 걸 수도 있잖아? 그러나 편의점에 가도 사라진 친구는 보이지 않았고, 전화를 걸어봐도 받는 사람이 없었다. 동기는 거의 울먹이는 목소리로 영주의 팔을 붙잡았다. 같이 좀 찾아줘. 응?

영주는 그날 그래피티 니팅 봉사를 포기했다. 주변에 흩어져 있던 동기들을 모아 공원을 이 잡듯 뒤지고, 결국 경찰에 실종 신고까지 했으나 사라진 사람을 찾을 수는 없었다. 조금 전까지만 해도 멀쩡히 대화를 나누던 상대가 갑자기 어디로 사라졌단 말인가? 땅으로 꺼졌나, 하늘로 솟았나? 모든 게 미스터리였다. 혹시 공원 안에 있는 호수에 뛰어들기라도 한 게 아닌가, 싶었지만 그 두 사람이 서 있던 곳은 계단 위였다. 다이빙을 해도 호수에는 들어갈 수 없는 거리였다는 소리다.

나는 그 친구가 사라졌다는 자리에 가서 주변을 샅샅이 살폈다. 그러나 특별히 이상한 점은 찾을 수 없었다. 계단 끄트머리에 누군가 버리고 간 과자 껍질만 바람에 날렸다. 혹시나 해서 봉지 안을 확인하고는 뒤를 돌았을 때였다.

"그런 곳에 있을 리가 없잖아."

익숙한 목소리가 들렸다. 오늘은 오지 않는다던 정원 선배의 목소리였다. 이건 혹시 환청인가? 안 온다던 사람 목소리가 왜 들리는 걸까? 고개를 조금 틀자 선배의 얼굴이 보였다.

"선배."

나는 왜 요즘 내 주변에서 일어나는 이상한 일들을 정원 선배와 연결 짓게 되는 걸까? 모텔에서 눈을 뜬 다음부터 선배를 의심하고 있던 건 맞았다. 그런데 마침 연쇄 살인범으로 선배를 의심하고 있는 이 시점에 내 주변에서 사람이 실종되는 우연이 일어날 리가 없지 않은가? 만에 하나, 정말 하늘의 장난이라고 볼 수밖에 없는 우연의 일치로 사건이 일어났다고 치자고, 그렇게 생각하려고 노력도 해봤다. 그러나 그럴 리가 없지 않은가?

지금 뜬금없이 내 눈앞에 나타난 정원 선배가 그 증거였다.

"선배가 지금 나타나면 내가 무슨 생각을 할 것 같아요?"

내 말에 선배는 눈을 곱게 접으며 웃었다.

"글쎄. 반갑다고 생각하려나?"

"이것도 선배 짓이 아닐까 생각하지 않을까요? 아무래도."

정원 선배는 그 말을 듣고 한참 생각하는 척하더니 어깨를 으쓱였다.

"나도 궁금해. 굳이 엮이지 않아도 될 일에 네가 왜 자꾸 나타나는지."

선배는 그렇게 말하고는 뒤돌아 걷기 시작했다. 나는 선배의 뒤를 좇아 걸었다.

"역시 선배가 한 거 맞잖아요."

"나 아니라니까."

정원 선배는 걷다가 멈춰 서서 바닥에 엎드리고 냄새를 맡았다가 다시 일어서서 하늘을 바라보았다가 하며 부산을 떨었다. 뭘 하는 건지 알 수가 없어

나는 잠자코 기다렸다. 선배는 한참 후에 한숨을 쉬며 말했다.

"깨끗하네. 아무것도 없어."

"뭐가요?"

"흔적. 그놈 흔적이 하나도 남은 게 없어. 누군가 일부러 지운 게 아닌 이상 이럴 수는 없는데."

그놈이 누군데? 정황상 이 공원에서 사라진 친구를 말하는 것 같지 않았다. 그렇다면 그놈은 대체 누구란 말인가. 정말로 범인이 따로 있는 건가? 내가 그런 생각을 하고 있을 때였다. 선배가 물었다.

"사라진 친구랑은 친한 사이야?"

"아뇨?"

친한 사이냐고 묻는다면 오늘 처음 본 사이라고 답할 수 있겠다. 동아리 동기가 데려온 애니까. 그 동기도 나랑은 별로 친한 사이가 아니었다. 사실 회장인 영주 말고는 친하게 지내는 사람이 없었다. 그것도 선배가 졸업하기 전까지 나만 갈구고 부려 먹어서 그런 탓이 컸다. 하도 시키는 일이 많아 다른 애들이랑 친해질 시간도 없었다.

그러니까 동기도, 동기가 데려온 친구와도 데면데

면한 사이라고 할 수 있었다.

“어, 그러고 보니까….”

“뭐 생각났어?”

“아니… 이건 별로 상관없는 얘긴데. 아까 동기가 춥다고 해서 제 옷을 빌려줬거든요. 그러고 보니까 그 옷이 안 보이네요.”

무늬 없는 검은색 패딩 점퍼였다. 아까 나무에 뜨개옷을 입혀준다고 영주와 공원 초입에 서 있을 때 동기가 너무 추워해서 입으라고 벗어준 옷이었다. 좀 쌀쌀하긴 했지만 나는 안에 두꺼운 맨투맨을 입어서 괜찮았다. 그런데 친구가 사라졌다고 사색이 되어 나타났을 때부터 그 옷이 보이지 않았다.

“아.”

정원 선배는 그 한마디만 내뱉더니 내 얼굴을 바라보았다.

그 순간 선배 어깨 너머로 무지갯빛의 무언가가 하늘로 솟구쳤다. 긴 꼬리를 남기며 올라가더니 정점에서 흰빛이 쫙 퍼지면서 순간 하늘이 섬광처럼 밝아졌다. 그 빛은 이내 사라졌다. 천둥 번개 같지는 않았다. 아닌가, 이런 걸 마른하늘에 날벼락이라고 하나. 빗방울이라고는 한 점도 보이지 않는 하늘에 어울리지 않는 벼락이었다. 공원에 있던 사람들이 혼비백산하여 흩어지는 게 보였다. 몇몇 사람은 핸드폰을 꺼내 촬영을 하고 있었다. 뭐가 어떻게 된 건지 내가 파악을 하기도 전에 정원 선배는 냅다 내 머리를 감싸며 나를 자신의 품으로 끌어당겼다.

그리고 곧 눈앞이 새까맣게 물들었다.

2

연분홍색 간판이 달린 상가 문을 열고 계단을 올랐다. 익숙한 현판을 지나, 가게 안으로 들어선 백정원은 사장이 없는 사이 내부를 점령한 자신의 직원과 마주쳤다. 직원은 털실과 코바늘을 바닥 여기저기 늘어놓은 채 소파에 앉아 손을 움직이고 있었다. 불도 켜놓지 않은 가게 안은 어둡고 조용했다. 텔레비전이 틀어져 있긴 한데 뜨개질에 한창 집중했는지 그쪽으로는 시선도 주지 않았다. 결국 백정원이 먼저 물었다.

"안 볼 거면서 바둑 채널은 왜 틀어놓는 거야?"

“뜨개질 할 때 집중하기 좋아서요.”

“난 체스가 더 낫던데.”

“사장님은 그러시겠죠. 처음엔 영국에 있었잖아요.”

“그러는 너야말로 한국보다 영국에 체류한 기간이 훨씬 길면서. 그보다 뉴스에 뭐 뜬 거 없어?”

“전혀요. 어젯밤에 일어난 일 속보도 안 실렸어요. 요즘은 인터넷이 훨씬 빠르다니까요? UFO 나타난 거 아니냐고 여기저기 난리예요. 공식적으로 기사화되지는 않겠지만.”

“팸, 그거 기사화 안 되게 하는 게 내 일이야.”

대체 어떤 멍청이가 공항을 통하지도 않고 차원에 불시착한 거야? 백정원의 목소리에는 피곤이 덕지덕지 붙어 있었다. 팸은 그 목소리에 입을 합 다물었다가 슬금슬금 눈치를 보고는 다시 중얼거렸다.

“그거 역시 불시착이었어요? 차원 밖으로 나가려던 게 아니라?”

“몰라. 나가려던 건지 들어오려던 건지.”

팸, 그러니까 파멜라는 백정원의 가게에서 일하는 유일한 직원이었다. 하지만 뜨개질이라는 분야에서 뜻밖의 재능을 발견하기 전까지만 해도 백정원이 어떤 사업을 하는지는 관심 없었다. 그야 당연했다. 백정원의 가게는 백 년쯤 전에는 서책방이었고, 50년 전부터는 전파사였으며, 약 10년 전부터는 천체망원경을 주로 취급하는 과학사였으니까. 그나마 그때까지는 그래도 번듯한 가게 꼴을 갖추고 있었고 찾아오는 손님도 많지 않아 위장 간판을 유지하는 데 별 문제가 없었다. 백정원은 원래 가게 운영을 살뜰히 챙기는 사장도 아니었다. 그런데 올 초에 대체 무슨 바람이 불었는지 뜨개질 공방을 차리겠다고 했다. 지구에 체류한 이래로 코바늘 따위를 잡는 모습 같은 건 한 번도 본 적이 없었건만 어쩐 일인지 재작년부터 손에서 바늘을 놓는 날이 없었다.

어쨌거나 뜨개질 공방으로 간판을 바꿔 단 뒤 백정원의 가게는 유례없는 호황을 맞는 중이었다. 아무래도 전파사나 과학사보다는 뜨개질 공방이 접근성이 좋았던 모양이었다. 덕분에 팸도 덩달아 눈코 뜰 새 없이 바빠졌다. 대체 왜 이런 구석진 곳에 있는 뜨개질 공방이 호황을 맞이했는지 모르겠지만. 팸은 굴러다니는 털실 뭉치를 손으로 휘휘 치우며 물었다.

"장사가 너무 잘 되는 건 아세요, 사장님?"

"그러게. 왜 잘 되지?"

위장용 사업이 더 잘 되는, 배보다 배꼽이 큰 상황이었다. 물론 그렇다고 본업이 바쁘지 않냐면 그런 건 아니지만. 덕분에 하나뿐인 직원의 원성이 하늘을 찔렀다.

"우리 직원 한 명만 더 써요."

"대신 네 월급을 두 배로 주잖아. 원화로 한 번, 오라클로 한 번. 새 직원 들이면 원화는 이제 너 안 준다?"

물론 백정원은 팸의 요구를 들은 척도 안 했다. 팸 역시 막상 월급이 반으로 줄어든다고 하니 손해라고 생각했는지 백정원이 그렇게 말하면 입을 다물곤 했다. 게다가 오라클을 원화로 환전하자면 그 수수료도 만만치 않으리라. 공항에서 환전을 독점하고 있기 때문이다. 차라리 처음부터 원화로 받는 게 낫지. 백정원은 팸의 얼굴을 물끄러미 바라보다 조언했다.

"그 피규어인지 프라모델인지 둘 중 하나만 끊어도 원화까지 필요하지는 않을 것 같은데."

백정원은 가게 한쪽을 차지한 장식장을 가리켰다. 20평 남짓한 좁은 매장을 피규어와 프라모델이 야금야금 잠식 중이었다. 여기가 뜨개질 공방이야, 피규어 숍이야. 조금만 더 모이면 가게의 정체성을 위협할 것 같았다. 취미든 뭐든 지나친 중독 증상은 무언가로부터 도피하려는 심리라는 백정원의 잔소리를 팸은 한 귀로 듣고 한 귀로 흘렸다. 그리고 어깨를 한 번 으쓱하고는 물었다.

"그래서 이번엔 뭐였어요?"

"지난번에 놓친 님프쉬."

"별일이네요. 사장님이 그런 잔챙이를 두 번이나 놓치다니. 지난번에도 거의 다 잡았다고 하지 않았어요?"

"그랬지."

님프쉬의 주 능력은 투명화였다. 무력이 강한 편은 아니었으나 눈에 보이질 않으니 상대하기 까다로운 외계인임은 분명했다. 지난번 마주쳤을 때 간신히 상대의 옆구리를 파고들어 공격했고, 그 피를 뒤집어썼기에 그대로 소멸했을 줄 알았다.

"죽었을 거라면서요?"

"아니었나 보네."

백정원은 팸이 앉아 있는 3인용 소파 옆자리에 드러누우며 조금 전 생긴 사소한 문제를 털어놓았다.

"문제가 생겼어."

"무슨 문제요?"

"목격자가 생겼어."

"…목격자?"

그 말에 팸의 눈초리가 대번에 사나워졌다.

"지난번 일 때문에 기억 지운 인간만 몇인 줄 알아요? 이제 남은 기억 용해제가 하나도 없다고요. 어쩌려고 그래요, 진짜?"

그러게, 어쩌자고 이렇게 휘말렸을까. 백정원은 남은 기억 용해제가 하나도 없다는 사실도, 이미 한 발 늦은 상황에 자신이 가도 별 소용이 없으리라는 것도 알고 있었다.

그러나 내버려둘 수도 없었다.

"내 실수로 일이 꼬였어. 아무래도 지난번 그 님프쉬의 피를 뒤집어쓴 게 문제였나 봐. 내가 아는 애한테 피가 묻은 것 같은데 피 냄새 때문에 표적이 된 것 같아."

"님프쉬가 지구인을 노리고 있다고요?"

"아마 나라고 생각하고 있겠지."

"그 지구인을 사장님이라고 착각하고 있다고요?"

어떻게 그런 일이 가능하지? 그 님프쉬는 눈이 없나? 아, 진짜 눈이 없지, 참. 이어지는 말들을 무시하고 백정원은 자리에 앉았다.

"이제 어쩔 거예요?"

"뭘?"

"그 지구인한테 설명은 다 했어요? 사장님이… 뭐 하는 사람인지요."

백정원은 머리를 긁적였다.

"아니. 그게 문제야."

이은호는 백정원이 위장 신분으로 만난 지구인 중 하나였다. 백정원은 심심하면 대학에 들어가 몇 년을 다닌 후 졸업하고 또다시 새로운 학적으로 대학에 돌아가곤 했다. 그럴 거면 석사를 하고 박사를 따서 아예 교수가 되지, 왜 매번 학부생으로 들어가냐고 비웃는 팸에게 백정원은 원래 공부는 취미로 할 때 제일 재밌는 거라고 답했고, 팸은 그 대답에 더 학을 뗐다. 백정원은 지구에 체류하는 동안 최대한 많은 문화와 지식을 접하고 싶었고, 백정원이 원하는 그 얕고 넓은 지식을 습득하기에는 대학교만 한 장소가 없었던 것뿐이었다.

이은호는 백정원이 스물세 번째로 들어간 대학에서 만난, 이렇게 말하면 이상하게 들리겠지만 가장 속내가 투명한 지구인이었다.

✶

지구에 온 지 벌써 햇수로 백 년. 그 이후로는 세기를 포기했으니 어쩌면 좀 더 되었을 수도 있었다. 길다면 길고 짧다면 짧은 그 시간 동안 백정원은 몇 번인가 이름을 바꾸었다. 처음에는 김정식이었고, 그다음 스무 해 정도는 최민호로 살았다. 그리고 세 번째 위장 신분으로 받은 이름이 백정원이었다. 몸을 갈아 끼우는 데에는 큰 거부감이 없었다. 대부분의 외차원인이 지구에 들어올 때 받게 되는 인간의 몸에 좀처럼 적응하지 못하는 것과 달리, 백정원은 큰 부작용도 겪지 않고 처음부터 제 몸인 것처럼 살았다.

그 길고도 유구한 시간 동안 그는 자신의 능력을

거의 잊어버리고 살았다.

백정원의 고향에서는 서로 생각을 읽을 수 있다. 아니, 정확히 말하자면 서로의 생각이 들린다. 하나의 네트워크로 이어져 있는 것과 비슷하다. 그렇기에 비언어적 커뮤니케이션을 포함한 모든 종류의 대화가 불필요하다. 네가 하는 생각을 내가, 이미 우리가 모두 알고 있기에 소통은 늘 물이 흐르듯 자연스러웠다. 그런데 지구에 들어오고 나서, 정확히는 지급된 인간의 몸으로 갈아타고 나서는 생각이 들리지 않게 되었다.

지구에서는 이능력 사용이 엄격히 금지되어 있다.

지구에서는 어떤 차원의 지성체도 능력을 함부로 드러낼 수 없다. 지구에 체류하는 모든 이종족은 들어올 때 인간의 몸 안에 영혼을 구겨 넣어야 했다. 4차까지 갱신된 범우주 생명체 존엄 보장 조례에 따라 지구가 미개 문명 차원으로 분류되어 있기 때문이다. 다른 차원의 지성체를 받아들일 만한 문명이 존재하지 않는다고 판단되는 경우, 그 차원을 착취나 침략으로부터 보호하려는 조치였다. 물론 외계인의 존재로 인한 혼란을 방지하고자 하는 목적도 있다.

처음으로 경험하는 불확실성의 세계.

백정원은 그 세계에 깊이 매료되었다. 처음 지구에 오게 된 건 출장 때문이었지만 차원 출입국 관리소 지부에 아예 눌러앉겠다고 결심한 것은 체류한 지 얼마 지나지 않은 가을의 일이었다. 백정원의 사무실로 가는 길목에는 오래된 돌담길이 있다. 어느 날 백정원은 평소처럼 그 돌담길을 걷다 자신을 스쳐 지나가는 인간들 틈에서 멈춰 섰다. 그대로 발 디딜 틈도 없이 빼곡하게 길을 채운 은행 나뭇잎을 밟고 서 있다가 문득 주변이 너무도 고요하다는 사실을 깨달았다. 그 순간 백정원은 자신이 그 고요 속에서 오래도록 머물게 되리라는 것을 예감했다.

그런데 백 년이 지나고 어느 날 느닷없이 누군가의 생각이 들리기 시작한 것이었다.

그러니까 그날 이은호와의 첫 만남은 말하자면 AI 성능이 있는 줄도 몰랐던 전기밥솥이 어느 날 뜬금없이 대화를 걸어온 것만큼이나 놀라운 일이었다.

백정원은 그 일련의 사건을 어디에도 보고하지 않았다. 자신의 체류 자격이 걸린 문제였기 때문이었다. 원주민에게 이능력을 사용했다는 사실이 알려지면 그 즉시 체류 자격을 잃고 고향으로 송환되게 되어 있었지만, 백정원은 아직 돌아가고 싶지 않았다. 엄밀히 말하자면 능력을 사용하지도 않았다. 백정원의 주 능력은 마인드 컨트롤이고 맹세컨대 이은호의 머릿속을 함부로 침범해 입맛에 맞게 주무르려 한 적은 없다고 단언할 수 있었다.

가만히 있는데 그냥 들리는 걸 어쩌란 말인가.

백 년 만에 듣게 된 타인의 생각이 '우와, 촌스러워.'인 것만 해도 억울했다. 게다가 이은호의 머릿속은 굳이 들어 알려고 하지 않아도 알 정도로 뻔하고 단순해서 능력을 쓰려고 할 필요도 없었다. 얼굴을 보면 다 읽혔으니까. 투명하고 단순한 속내.

모든 걸 털어놓았을 때도 그랬다.

3

공원에서 기절한 뒤 나는 집에서 눈을 떴다. 그래서 처음에는 내가 공원에 갔었던 것도, 친구의 친구가 납치된 것도, 그리고 마른하늘에서 벼락이 치는 걸 본 것도 전부 꿈이 아닌가 했다. 그러나 뉴스 속보로 온종일 실종 사건만 떠들어대는데, 그게 꿈일 리가 없었다.

나는 정원 선배를 찾아야 한다고 생각했다.

그러나 연락하려고 보니 문자가 와 있었다.

선배가 이번에 개업했다는 뜨개 공방 사무실 주소와 상호였다. 선물도 챙겨오라는 말도 덧붙여 있었다.

내가 지금 개업 선물을 챙기고 말고 할 정신이 있을 거라고 생각하는 건가.

그래도 일단 챙기긴 챙겼다. 무슨 선물을 해야 하는지도 몰라 집들이할 때 으레 사 들고 가는 두루마리 휴지 30롤(3겹 천연펄프 무형광 물질로 엄선했다)을 샀다. 그걸 낑낑대며 들고 사무실 앞까지 갔더니 선배는 그 건물 1층 카레집으로 나를 불렀다. 그리고 내게는 묻지도 않고 카레 우동과 버섯 카레를 주문했다. 카레를 앞에 두고 마주 앉아 있으려니 이 선배가 진짜 개업을 하긴 한 건가? 싶었다. 솔직히 이 인간이 공방을 개업했다는 게 그때까지도 실감이 나지 않았다.

그리고 나는 여기까지 오면서 내가 생각한 것(사실 내가 살인범이다)과는 1억 광년 정도 동떨어진 고백을 들었다.

당연히 나는 선배가 농담하는 줄 알았다.

"다른 '행성'에서 온 게 아니고요?"

지구인에게는 외계인이라 하면 자동으로 떠올리게 되는 이미지가 있다. 나는 어릴 때 본 〈우주 전쟁〉 속 외계인의 형상(다리가 비정상적으로 긴 오징어의 모습이었다)과 우주에서 지구로 날아온 UFO 따위를 떠올리며 그렇게 물었고 선배는 한심하다는 기색을 숨기지 않고 답했다.

"행성이라고 할 수도 있겠네. 다른 차원의 행성이니까. 그렇다고 외계인이 UFO를 타고 날아와서 지구인을 유괴한 다음 머리를 갈라 그 뇌를 가지고 실험하는 일은 일어나지 않을 테니까 안심해. 아, 물론 그 실험 부작용으로 초능력이 생기지도 않을 거야."

"그럼 지구엔 왜 왔어요?"

그 질문을 할 때까지도 나는 선배의 말을 믿지 않았다. 무슨 말을 하는지 궁금하니 장단이나 맞춰주자는 심정이었다.

"지구 정복 같은 걸 하려는 것도 아니야. 그런 목적으로 지구에 들어오는 외차원인은 하나도 없을걸."

지구에 온 목적이 지구 정복도 아니고, 인간을 납치해 초능력 실험을 하려는 것도 아니라면 뭘까? 그런데 그게 나랑 무슨 상관이람? 나는 이 대화에 점점 흥미를 잃어가고 있었다. 외계인이니 외차원인이니 하는 말장난에도 대체 무슨 의미가 있는지(의미가 있기야 하겠지만) 알고 싶지 않았다.

"그런데 외계인이 무슨 뜨개질 공방을 차려요?"

정원 선배는 이번에도 늘 입에 달고 다니는 말을 반복했다.

"그야 인간이 손으로 만들어낸 것 중 가장 조화로운 물건이니까. 이 아름다운 패턴 좀 봐."

그러고는 자신이 매고 있던 목도리를 풀어 내 눈앞에 들이밀었다. 내가 보기엔 어디로 보나 그냥 평범한 목도리였다. 선배는 내게 패턴의 아름다움을 설파하기 위한 사명을 띠고 지구에 내려온 외계인처럼 한참 패턴 이야기만 했다.

나는 여기까지 오면서 선배에게 물어야 할 것을 내내 곱씹었으나(선배는 대체 연쇄 살인범에 대해 무얼 알고 있는지, 그날 하늘에 나타난 무지개색 띠는 무엇인지) 하나도 묻지 못했다.

"그러니까… 지금 그걸 나더러 믿으라고요?"

"그래."

다른 가능성은 존재하지 않는 듯 태연하기만 했다. 나는 선배의 얼굴을 노려보았다. 거짓말을 하는 거라면 조금 더 성의가 있어야 하지 않았을까? 백정원이 외계인이면 나는 외계인 할애비게? 믿을 만한 거짓말을 해야 믿는 시늉이라도 하지. 그런데 그때 선배가 한숨을 쉬더니 내 눈을 똑바로 보고 중얼거렸다.

"백정원이 외계인이면 나는 외계인 할애비게."

방금 내가 그 말을 뱉었나?

"방금 내가 그 말을 뱉었나?"

거짓말.

"거짓말."

백정원은 개새끼다.

"백정원은… 그만하자."

정원 선배는 그만하면 됐다는 듯 손바닥으로 얼굴을 감싸고 고개를 숙였다. 그 꼴을 보고 있자니 온몸에 소름이 돋았다. 그야 당연하지. 내 속마음이 실시간으로 타인에 의해 중계되는데 어떻게 침착할 수가 있겠는가? 그동안 속으로 정원 선배 욕을 얼마나 했나 셈해보는데 그 횟수를 차마 다 셀 수도 없을 만큼 많았다. 나는 최대한 생각을 그만하려고 했다. 그러나 코끼리에 대해 생각하지 말라고 하면 어쩐 일인지 코끼리만 생각나는 것처럼 생각을 그만하려고 하면 할수록 생각을 그만해야 한다는 생각을 하게 될 뿐이었다.

“시끄러우니까 제발 조용히 좀 해줄래.”

내가 정원 선배에게 돌려줄 말은 한 가지뿐이었다.

“이거 사생활 침해예요.”

개인정보 침해. 프라이버시에 대한 심각한 위협이었다. 이제 내 생각을 정원 선배가 듣고 있다는 걸 알아버렸으니 나는 생각할 때마다 내 생각이 적절한지, 누가 들으면 안 되는 생각을 해버린 게 아닌지 검열해야 했다. 그러나 아까 말했듯이 그런 위험한 생각을 하면 안 된다고 스스로 되뇔수록 생각은 그쪽 도랑으로 무심코 빠져버리고 마는 것이다. 이게 가당키나 한가.

“나도 듣고 싶어서 듣는 게 아니야.”

“그 능력이란 걸 안 쓰면 되잖아요?”

“그러니까 능력을 안 썼는데 그냥 들리는 거야. 나도 별로 알고 싶진 않았어.”

지금 어떻게 된 상황인지 열심히 설명하는 동안에도 네가 오늘 점심에 뭘 먹을지 30분이나 고민했다는 것도, 치킨 카레랑 카레 우동 사이에서 고민하다가 결국 카레 우동을 먹기로 결심했다는 것도, 버섯은 흐물거리는 식감 때문에 별로 좋아하지 않는다는 것도, 이번 달은 별로 돈이 없어서 이걸 먹으면 월급이 들어올 때까지 남은 날은 전부 라면으로 때워야 한다는 것도 알게 됐지. 이어지는 정원 선배의 말에 나는 귀를 틀어막고 싶었다. 타인의 입으로 듣는 내 생각의 비루함은 견딜 만한 종류의 것이 아니었다.

"그만, 그만 하세요."

"내가 이런 시시콜콜한 이야기까지 알고 싶다고 생각하겠어?"

정원 선배는 턱을 괴고 내 얼굴을 바라보았다.

"이제 믿겠어?"

이렇게까지 말하는데 믿지 않을 도리가 있겠는가. 도저히 믿어지지 않는 이야기지만 믿을 수밖에.

"그래도 생각을 듣고 있단 말은 안 해도 상관없었잖아요."

"나도 별로 하고 싶진 않았는데. 안 했으면 네가 믿었겠어? 외계인의 존재 같은 건 믿지도 않는 주제에."

그렇게 말하니 또 할 말이 없었다. 나는 팔짱을 끼고 뒤로 물러나 앉았다.

"사실 선배가 외계인이든 뭐든 상관없어요."

이 말은 진심이었다. 연쇄 살인을 저지르고 있는 범인, 언니를 죽인 사람을 잡을 수만 있다면. 선배가 무엇이든 상관없었다.

"선배는 범인이 누군지 알고 있죠?"

"정확히 누군지는 모르지만, 정체는 알고 있지."

그리고 선배는 한 번도 내가 용의선상에 올려본 적이 없는 존재를 범인으로 지목했다.

"님프쉬라고, 눈 없고 후각 기관만 발달한 놈들 있어."

"그게 뭔데요."

"이야기하자면 긴데. 내 일은 불법 차원 체류자를 잡아 본 차원으로 송환시키는 거야."

"그런데요?"

"나는 지구에 있는 불법 체류자 중 하나가 저지른 짓이라고 추측하고 있어. 시신에 남은 흔적이 일반적이지가 않거든. 시신에 피가 하나도 없었다고 얘기한 거 기억하지? 당연하지. 시신에서 피가 전부 빠져나갔으니까. 그렇다고 시신이 미라가 된 것도 아니고. 그런 짓을 이렇게 간단히 저지를 수 있는 인간은 없어."

"그걸 인제 와서 순순히 다 말해주는 이유는요?"

"그게, 좀 곤란해졌어."

선배는 볼을 한 번 긁적이고는 말을 이었다.

"내가 그날 뒤집어쓴 게 님프쉬의 피거든. 그런데… 너한테 그 피 냄새가 옮겨붙는 바람에 네가 그들의 표적이 됐어."

그러니까 한마디로 너 때문이라는 거잖아. 내 생각이 들렸을 것임이 분명한데도 정원 선배는 눈썹 하나 까딱하지 않았다. 그저 담담하게 내가 해야 할 일을 읊어줄 따름이었다.

"특수 용액을 사용해서 피 냄새를 지우는 게 가장 좋겠지만 그놈들 코가 보통 예민한 게 아니라서. 지워도 소용이 없을 확률이 커. 그리고 지구인이 견딜 수 있을 만한 용액도 아니고."

나한테서 무슨 냄새가 난다는 건지. 나는 입고 있는 도복 소매에 코를 가져다 대고 킁킁거렸다. 그러나 세탁할 때 잔뜩 뿌린 섬유유연제 냄새만 날 뿐, 피 냄새라고는 맡아지지 않았다. 선배는 한숨을 삼키는 듯한 얼굴로 말했다.

"네 코엔 안 맡아지는 게 당연하지. 나도 그 냄새는 못 맡아. 게다가 님프쉬는 자기들 피 냄새에는 더 호들갑을 떨어대거든."

"그럼 어떻게 해요?"

"남은 놈들을 다 잡을 때까지 기다릴 수밖에."

"그게 언젠데요?"

"그러니까… 문제가 조금 있어. 그 숫자가 얼마나 되는지는 우리도 아직 파악 중이야. 그리고 그게 꼭 님프쉬만 있다고 단정할 수도 없어."

"그건 또 무슨 소리예요?"

"체류증 없는 놈들이 단독 행동을 벗어나서 단체로 움직인다는 보고가 있었어. 님프쉬는 원래 그런 놈들이 아닌데, 이상한 일이지. 조사해봐야 알겠지만 불법 체류자들을 움직이는 배후가 있을지도 모른다는 소리야."

"전 그런 복잡한 얘기는 잘 모르겠고, 누가 그 연쇄 살인범인지 알고 싶은 것뿐이에요."

그 말에 선배는 내 얼굴을 빤히 들여다보았다.

"내 말을 이해 못 했나 본데. 그러니까… 네가 잡을 수 있는 상대가 아니란 소리야."

외계인이랑 싸워본 적은 없으니 선배의 말이 맞을 것이다.

"아니, 아니. 싸울 생각은 하지도 마. 인간이 싸워서 어떻게 해볼 수 있는 수준이 아니야. 그러니 내가 불체자를 다 잡을 때까지는 네 목숨도 위험하다는 거고. 그래도 내 사무실은 결계 때문에 안전하니까 당분간 거기 숨어 있으면 문제없을 거야."

듣자마자 말도 안 되는 소리라고 생각했다. 사무실에 숨어 있으라고? 언제까지? 불법 체류자를 다 잡을 때까지라니, 기약조차 없는 기다림을 견딜 수는 없었다.

정원 선배는 벌써 내가 무슨 생각을 했는지 들은 듯했다. 선배는 한숨과 함께 대안을 이야기했다.

"알았어, 알았어. 근데 그러면 내가 24시간 네 옆에 졸졸 따라다녀야 하는데?"

"그럼 그렇게 해요."

정원 선배 옆에 붙어 있으면 그 연쇄 살인 외계인을 붙잡을 기회가 생길지도 모른다. 그리고 선배는 아마 내가 이런 생각을 한 걸 알았을 것이다. 자리에서 일어나서 가게 문을 밀고 나가려는데 뒤따라 나온 선배가 말했다.

"다시 잘 생각해봐. 24시간이라고. 말 그대로 밀착 감시야. 너 화장실 갈 때도 혼자 못 간다니까."

"그런 게 어딨어요? 거짓말이죠?"

내가 범죄자도 아니고 그렇게까지 밀착 감시해야 할 필요가 있을까 싶었다. 게다가 말하는 걸로 보면 선배는 불법 체류 외계인을 잡는 외계인인가 본데, 그러면 화장실 문밖에서도 나를 지킬 수 있어야 하는 게 아닌가?

"넌 이럴 때만 머리가 잘 돌아가더라."

"선배는 거짓말을 참 못하고요."

남의 프라이버시를 침해하고도 아무렇지도 않다는 얼굴을 하는 뻔뻔한 사람이 거짓말에는 재주가 이렇게도 없다는 게 신기했다. 선배는 내 말에 대꾸하지 않았다. 걸으면서 흘깃 훔쳐보자 무슨 생각을 하는지 알 수 없는 선배의 옆얼굴이 보였다. 나는 의식적으로 생각을 끊으며 생각했다.

일방향 통신이라니 이런 건 너무 불공평하지 않은가.

"조건이 하나 있어요."

나는 그제 공원에서 사라진 애를 생각했다. 정원 선배는 아무 말도 하지 않았지만 내가 그 빌어먹을 표적인지 뭔지가 된 거라면 그 애가 왜 사라지게 됐는지 짐작할 만했다. 내가 빌려주었던 옷 때문이었다. 옷에 묻은 피 냄새 때문에 그 애가 나 대신 끌려간 거라면? 선배는 조건이 뭐냐고 묻지 않았고, 나는 무엇보다도 먼저 그 애를 찾아야 한다고 생각했다. 언니를 죽인 범인을 찾는 것보다도 먼저. 가만히 듣고 있던 정원 선배가 말했다.

"찾았는데 살아 있지 않을 수도 있어."

선배다운 말이었다. 저렇게 말하는 사람이라는 걸 알면서도 형식적인 위로나 다정함 따위를 기대하는 건 어째서일까. 아마도 선배가 지나치게 인간적인 얼굴을 하고 있기 때문이리라.

"꼭 그렇게 냉정하게 말해야 해요?"

"설사 그렇더라도 그건 네 탓이 아니야. 죽인 쪽이 나쁜 거지."

"알아요. 근데 마음이란 게 그렇게 단순하지가 않다고요. 내 탓이 아니라는 걸 머리로는 알고 있어도 어느 한구석에서는 내 탓이 조금쯤은 있지 않을까,

만약에 내가 그러지 않았더라면, 그랬더라면 하면서 경우의 수를 셈해보는 게 인간이라고.”

“그 점은 정말 이해가 안 가.”

백 년을 넘게 봤는데도 신기해. 무심코 뱉은 선배의 말에 나는 기함했다. 백 년이라니. 도대체 그럼 정원 선배는 몇 살이란 말인가. 나는 선배에게 대체 몇 살이냐고 물었지만, 선배는 결국 끝까지 대답해 주지 않았다.

*

“제가 선배 일에 협조해야 한다는 이야기는 없었잖아요.”

애초에 난 내 일정에 선배가 따라붙는다는 말이 내가 선배의 일정에도 따라다녀야 한다는 이야기인 줄 몰랐기에 그러라고 흔쾌히 허락한 거였다.

그런데 태권도장까지 따라와 내가 수업하는 내내 장승처럼 서 있던 선배는 수업이 끝나자마자 다른 소리를 했다.

“나도 출근은 해야지. 그러니까 너 퇴근하면 내가 출근하면 되잖아?”

"그럼 난 잠은 언제 자요? 어디서?"

"내 사무실에서 자."

그리하여 나는 퇴근하자마자 자취방으로 달려가 더플백에 도복과 잠옷, 그리고 당장 필요한 짐 몇 개를 챙겨 선배의 사무실로 향했다.

사무실이라면 역시 그 뜨개질 공방의 사무실을 말하는 걸까. 아니, 애초에 이 사람, 아니 이 외계인의 진짜 직업이 뭔지도 나는 모르고 있었다. 대체 뭐 하는 외계인일까? 이야기하는 걸 들어보면 불법체류자들을 잡아가는 일을 하는 모양인데, 그럼 우주 경찰 같은 걸지도 모른다. 우주 경찰이 왜 지구에서, 그것도 한국에서 이런 작은 뜨개질 공방을 하는 건지 모든 게 미스터리였다.

공방이 있는 건물 앞에 도착한 뒤 정원 선배는 건물 쪽을 가리키며 말했다.

"여기가 실은 차원 출입국 관리소야."

그런 거창한 이름으로 불리기엔 건물의 외양이 너무나 평범했다. 나는 어리둥절해졌다.

"그냥 평범한 빌딩인데요."

우리가 서 있는 곳은 평범한 건물이 즐비한 길거

리였다. 주위를 둘러봐도 대사관이나 출입국 관리소는커녕 간판이 지저분하게 다닥다닥 붙어있는 보통의 대한민국 상가만 보였다. 다른 거리와의 차이점이 있냐 하면 쓰레기가 많아 조금 더 지저분하다는 것뿐. 대체 여기 어디에 출입국 관리소 같은 게 있다는 거지? 그러나 정원 선배가 가리킨 장소를 보고 나는 입을 다물어버렸다.

선배가 가리킨 건물 입구 오른쪽에 간판이 두 개 붙어 있었다. 그중 아래쪽에는 '웬디 카레'라고 적혀 있었고 그 위에는 분홍빛 간판 위에 '바늘 이야기-뜨개, 자수'라고 쓰여 있었다.

아무리 봐도 그냥 평범한 뜨개질 공방이잖아.

게다가 다시 보니 건물은 또 어찌나 오래됐는지 외벽에 검은 얼룩이 가득했다. 지붕 일부가 약간 내려앉아 있었고 과장을 조금 보태서 태풍이라도 오면 얼마 버티지 못하고 쓰러질 것 같았다. 1층에 카레 집이 있는 것도 큰 문제였다. 카레 집에서 흘러나오는 강렬한 카레 냄새가 건물 내부를 가득 채우고 있었다. 그것도 모자라 2층이라고? 향신료 냄새가 바람을 타고 올라올 것이 분명했다.

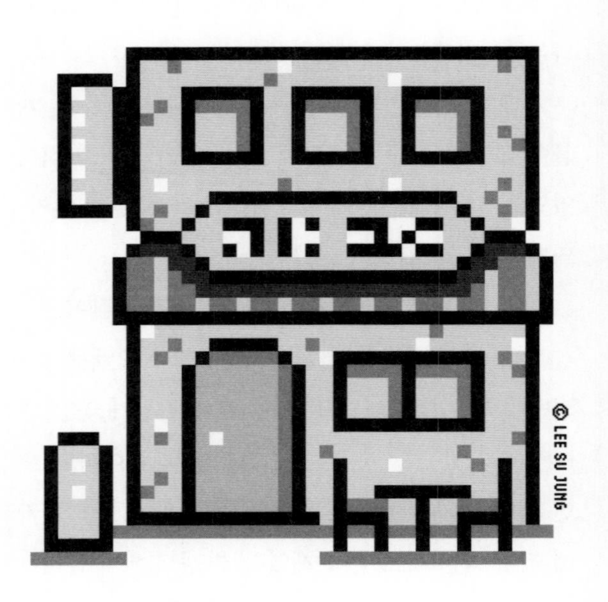
© LEE SU JUNG

올라오라는 선배의 말에 나도 그 뒤를 따랐다. 내 예상대로 계단을 올라갈수록 카레 향이 진해지고 있었다. 카레 냄새를 계속 맡고 있자니 배에서 꼬르륵, 소리가 났다.

"카레 먹을래?"

"아니요."

"저 집 카레 좋아했으면서. 이따 내려가서 먹자."

"싫다니까요. 아니, 지금 시간에 카레 가게가 문을 열어요?"

"저 집은 24시야."

무슨 카레집이 24시간 영업이람? 머릿속이 벌써 카레 생각으로 가득한 주제에 싫다고 말해봤자 믿지 않을 거라는 걸 알았지만 별수 없었다. 선배 역시 내 생각 같은 건 들리지 않는 것처럼 행동하고 있었으니 나도 그 장단에 맞춰주기로 했다.

건물 안은 더 어두웠다. 창문을 만드는 걸 깜빡 잊었는지 아니면 설계 단계에서 뭔가가 잘못됐는지 어둡고 컴컴해서 흡사 동굴 속에 들어온 듯한 느낌이었다. 이런 곳에서 뜨개질을 하고 자수를 놓는다고? 아무리 위장용 간판이라지만 그래도 이건 너무

한 거 아닌가.

어쨌든 2층까지는 금방 올라왔다. 2층에는 문이 하나 있었는데 그 문 앞에 작은 현판이 걸려 있었다. 그런데 건물 밖에서 보았을 때의 간판과 내용이 미묘하게 달랐다. 주의 깊게 보지 않으면 무심코 지나쳐버릴 정도의 사소한 차이였다.

'바늘 이야기-차원 출입국 관리소'.

그리고 그 아래에는 작은 글씨가 음각으로 새겨져 있었다. 하얀 바탕에 하얀 글씨라 자세히 보지 않으면 거기 무언가가 적혀 있는지도 모르고 지나칠 법했다.

'이 문을 지나는 자는 영원한 저주를 받으리라.'

굉장한 악담이었다. 나는 정원 선배를 흘긋 바라보았고 선배는 고개를 저으며 말했다.

"신경 쓰지 마. 안에서 밖으로 나가는 자에게만 해당하는 말이니까."

그 말에 나는 불안한 마음을 겨우 가라앉히고 문을 열었다.

거창한 간판명과 달리 안은 그냥 평범한 공방이었다. 큼지막한 책상이 콧구멍만 한 창문 앞에 놓여 있었고 방 안을 가득 채운 장식장에는 털실과 자수실이 가득했다. 희한한 건 털실만 있는 게 아니라 조그만 로봇 모양 인형 역시 적지 않은 수를 차지하고 있었다는 점이었다. 그리고 방 한가운데에는 비닐을 이제 막 뜯은 소파가 있었는데, 그 소파 위에 신문지를 덮고 누워 있던 여자가 이제 막 잠에서 깬 듯한 몰골로 일어나 마침 나를 발견하고는 말했다.

"아, 그 목격자?"

정원 선배가 이미 무어라 언질을 한 듯한 말투였다. 나는 인사를 건네려다가 그대로 멀뚱히 서서 그 여자를 바라보았다. 무례함에는 굳이 예의로 상대할 필요가 없다는 것이 내 지론이다. 가무잡잡한 피부에 아프로 파마머리를 한 여자는 내게 눈싸움을 그만둘 생각이 없다는 걸 눈치챘는지 피식 웃고는 인사말을 건넸다.

"안녕, 불행한 지구인 씨."

유창한 한국말이었다. 그래서 나도 별 고민 없이 한국어로 대꾸했다.

"별로 불행하지는 않고 안녕하네요."

그 말에 여자는 눈을 동그랗게 뜨더니 배를 잡고

웃었다. 한참 웃더니 겨우 몸을 일으킨 여자가 말했다.

"나는 팸이야. 풀네임은 파멜라 비즐리. 근데 아무도 그렇게 안 부르니까 그냥 팸이라고 불러줘."

"이은호예요."

"은호? 그거 실버 타이거(silver tiger)라는 뜻이야?"

"아닌데요."

팸은 요새 한자 공부 중이라며 자신이 아는 한자를 몇 개 늘어놓았다. 그 아는 한자 중에 은 은(銀)과 범 호(虎)가 있다는 게 놀라웠다. 사실 엄마는 팸이 이야기한 바로 그 한자로 이름을 짓고 싶어 했는데 무슨 여자애 이름을 그런 뜻으로 짓느냐는 반대에 부딪혔다고 들었다. 팔자가 사나워진다고.

언니의 이름은 은조였다. 은 은(銀)에 비출 조(照).

언니는 그 이름을 별로 좋아하지 않았다. 태몽에 햇빛을 받아 반짝이는 은그릇이 나와 그렇게 지었다는데 그 유래를 알고 나서 더 싫어졌다고 했다. 금대접도 아니고 은그릇이 뭐니. 이왕이면 금조인 게 낫지 않아? 그래서였을까. 삶이 고단함과 절망으로 가득 찰 때마다 언니는 자신이 은그릇임을 한탄했다. 그렇게 화살을 돌리면 삶의 고단함이 조금이라도 떨어진다는 듯이.

팸이 물었다.

“그래서 네 이름은 무슨 뜻인데?”

“끝 은(垠)에 귀인 호(豪)예요.”

“그럼 마지막 귀인이라는 뜻이야?”

“뭐, 그렇겠죠?”

내 이름에 대해 그리 깊이 생각해본 적이 없어서 뜻을 들어도 남의 이름처럼 낯설기만 했다. 게다가 남의 이름 뜻에 이렇게 관심이 많은 외국인 역시 처음이었다. 팸은 몇 번 고개를 주억거리더니 소파에서 일어났다. 이번에는 선배 쪽을 보며 물었다.

“여기까지 데려온 이유는 뭐예요? 보여서 좋을 게 없는 것투성인데.”

선배가 대답했다.

“첫 번째 제안을 거부했어.”

“그럴 줄 알았어요. 가택 연금이나 다름없는 걸 누가 좋다고 하겠어요?”

정원 선배는 그건 그렇다며 고개를 끄덕이고는 품속을 뒤지더니 조그만 병을 하나 꺼냈다. 그리고 병에서 붉은빛이 도는 알약을 꺼내 내 쪽으로 건넸다. 여길 보고 저길 봐도 수상해 보이는 약이었다. 내가 선뜻 받을 생각을 하지 않자 선배는 다시 한 번 알약을 흔들었다.

"먹어두는 게 좋을 거야."

"이게 뭔데요?"

"멀미약."

멀미약이 왜 필요한데? 여기까지 차를 타고 오는 동안에도 멀미 같은 건 하지 않았는데? 내 의문에도 선배는 아랑곳하지 않고 이어서 컵을 내밀었다. 왠지 먹어두어야 할 것 같은 불길한 기분에 나는 컵과 약을 함께 받았다.

맛은 그저 평범한 알약이었다. 꿀꺽 삼키고 나서도 아무 일도 일어나지 않았다. 환청이 들린다거나 환각이 보인다거나 하지 않았고. 정말로 멀미약이었나 보다, 안심했을 때 팸이 말했다.

"들어가봐요. 연결됐으니까."

"돌아오는 게 평소보다 조금 늦을지도 몰라."

들어가라니? 어디로? 이어지는 대화를 도통 따라잡을 수가 없었다. 내가 보기에 이 가게 안에 다른 방은 없었다. 그런데 정원 선배가 털실이 들어차

있는 장식장을 옆으로 밀었더니 그 안에 문이 하나 나왔다. 선배는 그 문을 열고 안으로 들어갔다. 아무리 봐도 저 장식장 뒤에는 사람이 하나 겨우 들어갈 정도의 공간밖에 없을 텐데. 내가 따라 들어가지 못하고 주춤거리자 안에 반쯤 들어갔던 선배가 다시 얼굴만 내민 채로 물었다.

“얼른 안 들어오고 뭐 해?”

“그거 꼭 저도 같이 가야 해요?”

“24시간이라고 했잖아.”

“아니, 아니, 저는 그냥 여기서 기다릴게요. 전 이제 잘 시간이라서.”

“그러다 외계인이 습격해도 팸은 널 못 구해줘.”

“들어갈게요.”

나는 문고리를 잡은 채로 덜덜 떨다가 겨우 안으로 한 발자국 내디뎠다.

문을 열고 들어선 공간 아래로 길게 계단이 이어지고 있었다. 텅 비어 있는 공간에 계단만 둥둥 떠 있는 형상이었다. 이게 말이 되는 건가? 분명 이 건물의 1층에는 카레 가게가 있었다. 그런데 카레 가게는 고사하고 그보다 훨씬 더 밑으로 이어지는 계단이 있다니. 건물의 구조가 도대체 어떻게 생겨 먹은 건지 알 수 없었다.

선배는 벌써 저만치 앞서 내려가는 중이었다.

게다가 지하로 이어지는 계단이 아니었다. 그 공간 안에는 하늘이 있었고, 놀랍게도 하늘이 푸른빛으로 빛나고 있었다. 자세히 보니 해가 떠 있는 게 아니라 푸른빛을 내는 희미한 광원이 하늘에 떠 있는 거였다. 나는 눈을 한 번 비볐다가, 다시 계단 밑을 내려다보았다가, 뒤를 돌아 내가 들어온 문밖으로 다시 나갔다. 그곳에는 역시 평범한 뜨개질 공방의 풍경이 보였다. 팸은 왜 자꾸 정신 사납게 들어왔다 나갔다 하는 거냐고 핀잔을 주었다.

"내가 지금 꿈을 꾸는 건 아니죠?"

"확인시켜줄까?"

그 확인시켜준다는 것의 방법이 뭔지 알고 싶지 않았다. 나는 한숨을 쉬고는 다시 문을 열고 들어갔다. 더 지체하면 선배를 따라잡을 수 없을 것 같았다.

최대한 주변을 둘러보지 않으려고 애를 쓰며 계단을 두 칸씩 뛰어 내려갔다.

계단의 길이가 도대체 얼마나 되는지 이대로 영

원히 계단만 내려갈 수도 있을 것 같다는 생각이 들 때쯤에야 바닥에 닿았다.

계단을 다 내려서자 보인 풍경은 내가 저 문밖에서 예상한 것과 달라도 너무 달랐다. 내가 예상한 건 기껏해야 이 건물 지하의 지하실 정도였다. 혹은 아무것도 보이지 않는 어두운 터널 같은 공간이 이어지거나. 다 쓰러져가는 2층짜리 건물 지하에 인천공항 같은 게 숨어 있을 거라고 예상이나 했겠는가. 나의 빈곤한 상상력으로는 어림도 없는 일이다. 나는 멍하니 서서 눈앞에 보이는 건물을 바라보았다. 공간 개념이 절로 희미해지는 광경이었다.

"저게 뭐예요?"

"공항 처음 봐?"

"아니, 그러니까 내 말은 공항이 왜 선배 건물 지하에 있냐고요. 저게 인천 공항은 아닐 거 아니에요."

"당연히 아니지. 저건 차원 공항이야. 여기서 길 잃으면 찾기 힘드니까 잘 따라와."

친절한 설명 따위를 기대한 적도 없었지만, 그 설명이 간단해도 너무 간단하지 않은가? 그러나 내가 불만을 표시할 새도 없이 정원 선배는 그 건물 안으로 쏙 들어가버렸다. 이런 어딘지도 모르는 곳에서 미아가 될 수는 없었기에 나는 헐레벌떡 그 뒤를 따라갔다.

건물 안은 그저 평범한 공항의 모습을 하고 있었다. 외관상으로도 인천 공항이나 김포 공항에서 본 것과 비슷한 구조의 건물이었으니 내부가 공항처럼 생겼다고 해서 놀랄 건 없었다. 내 시선을 잡아끈 쪽은 시설이 아니라 그 공항 안을 가운 메운 여행자들이었다. 32인치짜리 캐리어 서너 개를 문어처럼 빨판이 달린 다리에 하나씩 끼운 채로 둥둥 떠다니는 미지의 생명체를 본다면 당연히 비명을 지를 수밖에. 그러나 나는 간신히 비명을 삼켰다. 여기서 비명을 지른다면 주목을 받게 되리라는 건 자명했다. 나는 최대한 아무렇지도 않은 척 선배의 뒤를 좇았다.

“선배, 진짜 나 놀라서 자빠지는 꼴 보고 싶어서 그래요?”

“소리 지르면 인간인 거 들키니까 조용히 해. 시선 끌지 마.”

인간인 걸 들키면 어떻게 되는데? 순간 목덜미에 소름이 오소소 돋았다.

주변을 자세히 둘러보니 나 말고도 다른 사람들이 간간이 보였다. 그럼 저 사람들은 다 뭔데?

"저들도 인간은 아니야. 차원 여행할 때 지급되는 몸을 입은 것뿐이지."

"그럼 혹시 선배도…?"

그 말에 정원 선배는 대답하지 않았다. 사실이라는 뜻이었다. 내가 아는 정원 선배가 사실은 인간이 아니고 그저 어떤 인간 껍데기를 뒤집어쓴 것뿐이라니. 선배의 본체는 사실 저기 지나가고 있는 문어와 같은 것일지도 모른다. 그런 가정이 머릿속을 스치고 지나갔다. 내가 이런 생각을 하고 있는 걸 선배는 분명 알고 있을 텐데도 한마디 언급조차 없다는 게 지금 내 추측에 신빙성을 더해주었다. 정체가 뭐냐는 물음에 늘 딴청을 피웠던 건 사실은 본체가 문어 외계인이어서였을까?

"선배 다리는 몇 개예요?"

"열 개는 안 넘을걸."

그러고 보니 문어는 다리가 몇 개였더라. 그런 실없는 대화를 나누는 사이 정원 선배는 몇 개의 게이트를 지나 어떤 문 앞에 섰다. 그리고 그 문에 달린 인식 탭에 자신의 손을 갖다 댔다. 지문을 찍는 건 아닌 것 같았는데 곧이어 문이 스르륵 소리도 없이 열렸다. 어떤 프로세스로 되어 있는 건지 알 수 없었다. 내가 돌아보려고 하자 선배는 내 손을 잡아끌었다.

"얼른 안 따라오고 뭐 해? 문 닫히면 넌 못 들어와."

그런 건 진작 좀 알려주지. 사실 그럴 것 같아 보이긴 했다. 보안이 철저해 보이진 않는데 그 문 자체가 묘하게 박력이 있었다. 나는 주춤거리며 선배의 뒤에 바짝 따라붙었다.

문 안에는 VIP 라운지처럼 생긴 공간이 있었다. 뭐야, 진짜 공항이잖아. 벌어지는 상황 자체는 비현실적이었으나 내가 보고 있는 풍경이 일상의 풍경과 그리 다르지 않아서 나도 슬슬 이 상황에 적응이 되려던 참이었다.

정원 선배는 몇 걸음 걸어 그 라운지의 프런트 앞으로 갔다. 프런트에는 아무도 없었다. 그러나 선배가 말을 걸자 눈가를 검은 붕대로 칭칭 감은 남자가 나타났다. 분명히 조금 전까지만 해도 없었는데? 하늘에서 떨어졌는지 땅에서 솟아났는지 귀신이 곡할 노릇이었다. 이 남자의 정체 역시 외계인이리라는 것은 어렵지 않게 짐작할 수 있었다. 선배가 말했다.

"불체자들의 테러 행위가 확인됐어. 그러게 진즉에 차원 공항 폐쇄해야 한다고 얘기했어, 안 했어?"

"심증만으로 공항을 폐쇄할 수는 없습니다."

"심증이 아니라, 진짜로 입차원 허가를 받지 않은 님프쉬가 저 밖에 돌아다니면서 원주민을 죽이고 있다니까. 당장 의회에 알리고 폐쇄 허가를 받아야 해."

이게 다 무슨 소리야? 나는 이어지는 이야기들을 따라잡기 위해 머리를 굴렸다.

"증거는요?"

그러자 정원 선배는 내 쪽을 바라보았다. 선배의 시선이 내 쪽으로 향하자 그 붕대 남자의 시선도 내 얼굴로 향했다. 눈이 보이지 않아서 확신할 수는 없지만 그런 것 같았다.

"증거라면 필요 없어요. 제가 봤으니까요."

내 말에 붕대 남자가 말했다.

"이 원주민은 아무것도 모르는 것 같은데요."

"이 지구인이 목격자야. 님프쉬가 인간을 납치해가는 걸 목격했으니까."

정확히 말하자면 납치해가는 순간을 직접 눈으

로 본 것은 아니었지만, 왠지 그래야 할 것 같아서 나는 고개를 끄덕였다. 붕대 남자가 물었다.

"며칠 전 서울 한복판에서 일어난 실종 사건 말입니까? 그 사건이라면 목격자가 차고 넘쳐요. 그 원주민들의 기억을 살펴봤지만 님프쉬가 나타났다는 흔적은 보이지 않았습니다."

"그야 당연하지. 님프쉬가 눈에 보이면 그게 님프쉬겠어?"

정원 선배는 그렇게 말하며 자기 머리를 마구 헝클어뜨렸다. 붕대 남자가 나를 가리키며 물었다.

"이 원주민의 기억을 살펴봐도 될까요?"

본능적인 거부감이 스멀스멀 올라왔다. 그런데 내가 안 된다고 고개를 젓기도 전에 선배가 거절했다.

"안 돼. 네가 증거를 인멸하지 않는다고 해도 내가 널 어떻게 믿고 얘를 맡겨?"

"어차피 원주민이 알아서 좋을 게 없는 정보들입니다. 기억 용해제가 없어서 기억을 지우지 못한 거라면, 제가 지워드릴 수도 있는데요."

"그런 거 아니야."

사람을 앞에 놓고 기억을 지우겠다느니 말겠다느

니 잘들 놀고 있었다. 점점 눈앞의 붕대 남자가 불편해지기 시작했다. 아까부터 원주민이 어쩌고 하는 말투도 재수가 없었다. 이내 남자는 흥미를 잃었다는 듯 내 쪽에서 시선을 뗐다.

"님프쉬가 납치했다는 증거를 가져오시든지, 아니면 테러의 증거를 가져오시든지 해야 합니다."

"빡빡하게 구는 건 여전하구나?"

"공무라는 게 원래 이런 겁니다. 공항 폐쇄는 그렇게 간단한 일이 아니라고요. 동네 피자집 문 열었다 닫았다 하듯 할 수 있는 게 아니니까요."

결국 정원 선배 쪽에서 두 손을 들었다. 선배는 더 이야기해봤자 통하지 않으리라는 것을 알았는지 나를 데리고 그 방을 빠져나왔다. 나는 문을 통과하자마자 선배에게 물었다.

"뭐예요, 저 재수 없는 놈은?"

"있어, 재수 없는 놈. 너 쟤가 눈 마주치려고 하면 절대로 저 눈 쳐다보면 안 돼."

"눈이 보여야 쳐다보죠."

"붕대를 풀고 보면 말이야."

붕대를 푼 저 남자의 얼굴을 내가 알아볼 수 있

을지 모르겠다. 얼굴 절반을 가리고 있었는데 그걸 어떻게 기억해? 내가 속으로 그런 생각을 하는 줄 분명히 알 텐데 선배는 별말이 없었다.

우리는 왔던 길을 도로 돌아갔다. 건물 밖으로 나와 한참 걷자 아까 내려왔던 계단이 그대로 놓여 있었다. 이걸 전부 올라가야 한다고 생각하자 벌써 현기증이 일 지경이었다. 계단을 내려오는 건 쉬웠지만 올라가는 건 또 다른 문제였다. 그때 선배가 말했다.

"아, 올라가기 귀찮네."

선배는 저 계단 위를 올려다보며 말했다.

"팸, 내 사무실을 1층으로 옮겨줘."

그러자 이 자리에서는 들릴 리가 없는 팸의 목소리가 울렸다.

"그게 더 귀찮은 짓인 거 모르세요, 사장님?"

"사무실이랑 계단의 위치를 반전시키면 되잖아."

팸은 땅이 꺼질 듯 한숨을 쉬고는 무어라 중얼거리기 시작했다. 입속으로 무슨 언어를 외는 것 같았는데, 어느 나라의 말인지 알아들을 수가 없었다.

그런데 놀랍게도 몇 초 후에 우리는 계단 꼭대기에 서 있었다.

"뭐야? 어떻게 한 거예요?"

"내려가자."

나는 쭈뼛거리며 선배의 뒤를 따라 계단을 내려갔다. 아까처럼 계단을 전부 내려가자 이번에는 그 자리에 문이 보였다. 이 공간에 들어올 때 통과했던 바로 그 문이었다. 선배는 아무렇지도 않게 그 문을 열고 훌쩍 나가버렸다. 나는 혹시나 그 문이 닫혀서 이 공간에 나 혼자만 남겨질까 봐 선배의 뒤에 바짝 붙어서 따라 나갔다.

그리고 보인 풍경은 내가 평범한 뜨개질 공방이라고 생각했던 사무실이었다. 팸은 소파에 걸터앉아 코바늘로 인형을 뜨고 있다가 우리 쪽을 돌아보았다.

"생각보다 일찍 왔네요?"

"이브델이 허가를 안 내줘서. 결국 내 쪽에서 알아서 불체자들 검거하라는 소리야. 그전까지 공항은 폐쇄하지 않겠다는 방침인 거고. 아니, 공항에서 못 잡은 걸 왜 나더러 잡아 오래? 처음부터 공항에서 놓치지 않았으면 됐잖아."

"이브델이 그런 거 원래 알고 있잖아요. 뭘 새삼스럽게."

팸은 이어서 내 쪽을 가리키며 말했다.

"얘는 완전 넋이 나가버렸는데요."

"공간 이능 처음 보는 애처럼 왜 이래. 아, 처음 보지."

정원 선배의 무신경한 말투가 오늘따라 신경에 거슬렸다. 이능력이라니. 21세기 대한민국에서 이런 단어를 듣는다면 나는 당연히 그 사람의 정신세계를 의심했을 것이다. 외계인에 이어서 이능력이라니 이제 다음은 마법사가 나올 차례인가. 그러나 아무도 내 농담에 대답하지 않았고 나는 이 싱거운 농담이 설마 나도 모르는 사이 진담이 된 건가 싶어 등골이 다 서늘해졌다. 정원 선배는 내가 그런 생각을 하거나 말거나 해야 할 말을 이어갔다.

"공항 폐쇄 쪽은 텄고, 도망친 님프쉬부터 잡자."

오랜만에 선배의 의견과 내가 원하는 바가 일치하는 순간이었다.

4

도주 중인 님프쉬는 꽤 잡기가 까다롭다. 능력 자체가 '투명화'이기 때문에 눈에 보이질 않기 때문이다. 그렇다고 팸의 공간 탐지로 찾을 수 있는 것도 아니다. 님프쉬가 서울에 있는지, 아니면 아직도 주안시에 있는지 확실치 않았고, 그렇게 광범위한 공간 탐지 이능을 펼치려면 세세한 조정을 할 수 없었다. 이 범위 안에 있는 생명체를 찾아라, 정도가 최선이었다. 종을 특정하는 것은 불가능했다. 서울시와 주안시의 인구를 생각해보면 그건 그다지 효율적인 방법이 아니라는 결론이 나온다. 결국 눈으로 찾으려 들지 말고 다른 방법을 써야 한다는 소리였다.

그리고 백정원은 아주 효율적인 방법이 자신의 옆에 버젓이 활보하고 있음을 기억해냈다.

"이제 나더러 아예 대놓고 미끼가 되라고요?"

"미끼라니 내가 언제 그렇게 말했어?"

"그게 그 말이잖아요."

정확히 말하자면 이렇다. 어차피 님프쉬가 이은호를 노리고 있는 것은 사실이며, 이은호는 일상생활과 출퇴근을 포기할 마음이 없고, 그렇다면 차라리 적극적으로 이은호를 이용해서 님프쉬를 유인, 포획하는 것이 가장 효율적인 방법이 아닌가 하는 것이다. 백정원의 말에 이은호는 고개를 기울였다.

"그게 그 소리잖아요? 게다가 내가 태권도장에 있을 때 나타나면 어떡해요? 우리 애들은 누가 지켜?"

"님프쉬는 원래 낮에 활동 안 해. 빛을 싫어하거든."

옆의 소파에 앉아 새로운 패턴의 스웨터를 뜨던 팸이 말을 받았다.

"그렇게 치면 님프쉬는 원래 온순한 성격으로, 다른 종을 습격하거나 살해하는 난폭한 짓은 하지 않아요. 어쩌면 지구라는 환경에 적응하지 못하고 뭔가

변이를 일으킨 걸지도 모르죠."

팸의 말에 정원은 고개를 끄덕였다.

"그게 이상하단 말이야. 종족 특성이란 게 그렇게 쉽게 바뀌는 게 아닌데."

확실히 이상했다. 님프쉬는 어둡고 습한 장소를 좋아하는 음침한 놈들이기는 해도 다른 종을 공격하거나 살해할 만한 놈들은 아니었다. 타고난 본성이 온순한 쪽에 가깝다. 의회에서도 님프쉬는 목소리를 크게 내는 편이 아니었다. 그런 놈들이 갑자기 미쳐서 인간을 죽이고 다닌다고? 연쇄 살인 피해자의 주변에서 서성거리는 님프쉬를 발견하지 못했다면 백정원 역시 믿지 못했을 것이다.

"사장님 그때 본 게 확실히 님프쉬였어요?"

아니었을까? 누군가 확언할 수 있냐고 묻는다면 그렇다고는 하지 못하리라. 그날 피해자 옆에서 움직이는 생명체가 눈에 보이지 않는다는 이유만으로 님프쉬라고 판단했으니까. 백정원은 휘두른 검이 님프쉬의 옆구리를 찌르고 나왔을 때의 감각을 기억했다. 그리고 허공에서 터져 나오던 붉은 피.

백정원이 거기까지 얘기했을 때 팸이 말했다.

"잠깐만요, 붉은 피라고요?"

이은호가 옆에서 말을 받았다.

"네. 선배 온몸이 피투성이였어요."

팸은 어이가 없다는 얼굴로 이어서 말했다.

"님프쉬의 피는 붉은색이 아니에요. 님프쉬는 기본적으로 끈적끈적한 형광물질이 섞인 혈액이 흐른다고요. 그게 몸 바깥으로 나오면 산화하면서 하얀색으로 보이고요."

백정원은 그제야 무언가 이상하다는 사실을 알아차렸다. 팸도 마찬가지인 듯했다.

"그걸 사장님이 몰랐다는 게 말이 안 돼요."

백정원은 고개를 끄덕였다.

"그래. 누군가가 내 정신에 마인드 컨트롤 시도를 했고, 그게 어느 정도 성공했나 보네."

왜 그런 가정을 해보지 않았을까. 그동안 백정원은 불법 체류자 중에 동족이 있을지도 모른다는 의심을 한 번도 해본 적이 없었다. 그야, 불가능하다고 생각했으니까. 백정원의 동족에게는 님프쉬처럼 투명화 능력이 있지도 않았고, 그들은 밀항기에 몰래 숨어들 만큼 조그마한 몸집도 아니었으며, 인간의 몸으로 갈아타지 않은 채 눈에 띄지 않고 이 서울 거리를 활보하기란 미션 임파서블에 가까웠다. 그래서 불가능하다고 무심코 단정해버렸던 것이었다.

문제는 한 가지 더 있었다.

"별로 그런 가정은 하고 싶지 않지만 불법 체류자 중에 정말로 내 동족이 있다면 큰일이네."

"왜요?"

"우리의 세계는 크게 보면 하나로 연결되어 있으니까."

"그게 무슨 소리예요?"

개인의 생각은 집단의 생각의 결과이기도 하고, 집단의 의견은 개인의 모든 의견을 대표한다. 정신이 하나로 연결되어 있다는 것은 그런 거였다.

"쉽게 말하자면 내 동족이라면 지금 내가 하는 생각을 그냥 알게 돼. 종족이 가진 이능력 중 하나라고 할까. 우리는 하나이자 동시에 개인이니까. 그냥 자연스럽게 나는 모두의 생각을 알고, 모두가 내 생각을 아는 거야. 다만…."

문제는 지금 자신이 이런 생각을 하고 있으며, 앞으로 어떤 생각을 할지 그 불법 체류자는 모두 알고 있으되, 정원 쪽에서는 알 수 없다는 것이었다.

"지구에 체류하면서 인간의 몸으로 갈아타면 본체의 능력은 쓸 수 없어. 불가능하다는 게 아니라 하면 안 된다는 규정이 있어서 그래. 그게 체류증을 받은 지성체의 의무야. 어기면 그 차원에서 추방돼."

"그러니까 한마디로 선배는 그 규정 때문에 그쪽이 무슨 생각하는지 알 수도 없고 어디에 있는지도 모르는데 그쪽은 규정 따위 쌩깔 수 있어서 선배가 무슨 생각으로 어떤 계획을 세우고 있는지도 다 알고 있다는 거예요? 지금 우리가 이런 대화를 나누고 있다는 것도?"

"맞아."

그 불법 체류자는 백정원과 이은호가 지금 이 사실을 눈치챘다는 것도 아마 알게 되었을 것이다. 세계가 하나로 연결되어 있다는 것은 축복이자 저주였다. 대화를 나눌 필요가 없다는 효율성이 때로 개인의 고유성을 말살하기도 했다.

이은호가 물었다.

"그런 불공평한 게 어딨어요? 그럼 나를 미끼로 님프쉬인지 피쉬인지를 잡겠다는 그 계획도 시작부터 망한 거 아니에요?"

이은호의 목소리가 이어서 중첩되며 들렸다. 규정이고 나발이고 지금 같은 비상 상황에 능력 좀 써도 되는 거 아니야? 누가 안다고? 백정원은 그 목소리에 또 실없이 웃음이 새어 나올 뻔한 것을 참았다. 이은호는 알고 있을까? 속으로 생각할 때는 목소리가 평소보다 반음 정도 올라간다는 것을. 도레미파, 그리고 파샵. 백정원은 속으로 음계를 세며 일부러 생각을 그쪽으로 틀었다.

흔히들 코끼리를 생각하지 말라고 하면 어쩐 일인지 자꾸만 코끼리를 생각하게 된다고 한다.

그렇다면 코끼리가 아니라 코알라를 생각하면 그만이다.

백정원은 의식적으로 생각의 물꼬를 다른 곳으로 트는 것에 꽤 익숙했다. 그야, 내가 하는 생각을 다른 누군가가 항상 듣고 있다는 스트레스 때문에 노이로제에 걸린 별종이니까. 고향에서 백정원은 늘 신경증 약을 달고 살았고 다른 이들은 그런 백정원을 별종 취급했다. 쟤는 대체 뭘 감추고 싶은 걸까? 감추고 싶은 생각을 하는 게 문제 아니야? 감추고 싶은 생각을 해서 감추고 싶은 게 아니라 그저 혼자서 조용히 생각하고 싶은 것뿐이라는 걸 누구도 이해하지 못했다. 백정원은 손가락을 펴며 말했다.

"속마음을 들키고 싶지 않을 때 제일 좋은 방법이 뭔지 알려줄까?"

백정원의 말에 이은호가 눈을 반짝였다.

"그런 방법이 있어요? 그게 뭔데요?"

"노래를 불러."

그 말에 이은호의 표정이 대번 험악해졌다. 그게 대체 무슨 헛소리야? 이어서 생각하는 게 적나라하게 들렸으나 굳이 그 생각을 듣지 않아도 표정만으로도 알 수 있었다.

"지금 저 놀리는 거죠?"

"내가 뭐 하러. 못 믿겠으면 한 번 해봐."

백정원은 누구도 듣지 않았으면 하는 생각을 할 때마다 노래를 불렀다. 그중 대부분은 머릿속으로 직접 작사 작곡한 노래였다. 대충 멜로디만 즉석으로 흥얼거렸다는 뜻이다. 그중 가장 효과가 좋은 것은 동요였는데, 다른 이들은 그걸 들을 때마다 음정도 박자도 엉망진창인 노래에 괴로워했다. 사실은 음정도 박자도 맞추려면 맞출 수 있었다. 굳이 그러고 싶지 않았던 것뿐이지만.

이은호는 백정원을 의심스러워하는 표정으로 응시하더니, 이어서 백정원의 말대로 속으로 노래를 부르기 시작했다. 유행이 한참 지난 아이돌의 히트곡이었다. 더듬더듬 부르다가, 중간에 가사를 한 번 틀리기도 했다.

"거기 가사는 우리 스쳐 가도 아는 척하지 말아요, 가 아니라 모른 척하지 말아요, 잖아."

그런가? 근데 말이 안 되잖아. 헤어졌는데 왜 스쳐 가면서 아는 척을 하지? 백정원의 말에 이어지던 노래 가사가 뚝 끊어지며 이은호가 생각했다. 백정원이 말했다.

"집중해. 생각하면서도 노래를 쉬지 않으면 나는 그 노랫말밖에 듣지 못해. 생각 사이에 전혀 중요하지 않은 정보를 섞는다고 생각하면 쉬워."

"그런 게 어떻게 돼요?"

"하다 보면 늘어."

기나긴 연습 끝에 백정원은 다른 누군가와 대화하면서도 머릿속으로는 노래를 부를 수 있게 되었다. 여전히 이은호는 미심쩍어하는 눈치였지만 할 수 있게 되기만 한다면 이보다 더 효과적인 방법도 없었다. 실제로 백정원은 지금 이은호와 대화를 나누면서도 노래 가사를 떠올리고 있었다.

"아무튼 그럼 선배가 생각하는 게 저쪽에 공유될 일은 없다는 거죠?"

"100퍼센트는 아니지만, 그래."

그 말에 팸은 뜨고 있던 스웨터를 놓고 일어났다.

"어디 가?"

"가긴 어딜 가요. 사무실 경계에 결계석 제대로 박아놨나 확인하려고요."

"이건 정신 계열 능력이라 결계석하고는 별 상관이 없어. 그러니까 도로 앉아."

팸은 그 말대로 다시 자리에 앉아 스웨터를 집었다.

"누가 사장님 머릿속 생각 같은 걸 알고 싶어 할까요. 이해가 안 되네."

"나도 네 생각 같은 건 알고 싶지 않거든?"

그 말에 팸은 양팔로 엑스자를 그리며 악귀야 썩 물렀거라, 하고 외쳤다. 백정원은 팸이야말로 한국에 너무 지나치게 적응을 잘한 게 아닌가 생각하다가 고개를 저었다. 악귀를 물리치는 건지 소환하는 건지 모르겠다. 한참을 그러던 팸이 물었다.

"그럼 연쇄 살인 사건의 범인이 님프쉬가 아닐 수도 있는 거네요?"

"그럴 수도 있고. 아닐 수도 있고."

"그 오늘의 운세 같은 대답은 뭐예요?"

"오늘의 운세는 또 뭔데."

"원래 운세라는 게 넓게 보면 이런 식이에요. 당신의 오늘 운은 좋을 수도 있고 나쁠 수도 있습니다. 지나친 쇼핑은 금물입니다. 이런 거 본 적 없어요?"

"없어. 무슨 운세가 그래?"

"본 적 없으면 앞으로도 보지 마세요. 너무 잘 맞아서 무서울 지경이니까."

팸의 진지한 얼굴에 백정원은 저게 진담인지 농담인지 가늠하다가 고개를 저었다. 지구에 온 지 백년이 넘었는데 아직도 누군가의 속내를 가늠하는 건 어려웠다. 처음에 백정원은 그게 자신의 결함이라고 생각했으나 얼마 지나지 않아 깨달았다. 지구에 발을 붙이고 사는 모든 이들은 이와 같은 방식으로 타인의 마음을 짐작할 수밖에 없다는 것을. 결코

타인의 마음을 있는 그대로 경험할 수는 없다는 것을 말이다. 팸이 물었다.

"그럼 사장님은 님프쉬가 범인이라고 생각해요?"

"그럴 수도 있다고 했잖아. 이은호를 노리고 있다는 건 확실하니까. 그때 공원에 나타난 건 님프쉬가 분명했어. 그리고 님프쉬는 동족의 피 냄새를 놓치지 않아. 그렇다면 내 정신에 간섭한 건 단순히 우리를 헷갈리게 하려는 수작일 거야."

"그럼 어떡할 거예요? 님프쉬가 맞다면."

어쩌긴 뭘 어째. 백정원은 속으로 부르던 노래의 소리를 조금 더 키웠다. 팸에게는 그럴 수도 있다고만 이야기했으나 백정원은 이 일련의 사건의 범인이 님프쉬인 것은 분명하다고, 80퍼센트 정도 확신했다. 그 배후에 있는 게 진짜 동족이라면 자신이 직접 움직이는 실수를 범하지는 않았으리라. 백정원이 말했다.

"내일쯤 님프쉬가 공원에서 납치한 인간이 돌아올 거야."

"네?"

이번에 되물은 것은 이은호 쪽이었다.

"그걸 어떻게 알아요? 찾았어요?"

찾은 건 아니지만, 알 수 있었다. 백정원은 자신의 동족이라면 어떻게 행동할지 지겨울 정도로 훤하게 알고 있었다. 정신이 하나로 이어져 있다는 건 어쩌면 개별성이 희미해지고 희미해지다 말살되는 과정에 있는 게 아닐까. 백정원은 어렵지 않게 그 불법체류자의 사고 과정과 이후의 행동 양상을 짐작해냈다.

5

공원에서 실종되었던 학생이 돌아온 것은 실종된 날로부터 나흘째 되는 날 한낮이었다.

사라졌던 장소에 그대로, 똑같은 모습으로 돌아온 그 애는 기이하게도 자신이 사라진 동안 겪은 일을 아무것도 기억하지 못한다고 했다. 눈을 감았다 떠보니 공원에 자기 혼자 서 있었다고. 사라졌을 때는 밤이었는데 눈을 떠보니 해가 떠 있어 이상하다고 생각했다고 했다. 물론 경찰은 그 말을 믿지 못했다. 심리 전문가라는 사람들은 너무 충격적인 사건을 겪으면 일시적으로 기억 장애가 나타날 수 있다고 설명했다.

그게 벌써 한 달도 전의 일이었다. 이제는 아무도 실종되었던 그 애 이야기를 하지 않았다.

“선배가 말한 대로네요.”

“그야 그렇겠지. 어쨌든 죽지 않고 돌아왔고, 아무 일도 없었던 것 같으니까. 인간들은 그 애가 죽었더라도 금방 잊었을 거야.”

나는 정원 선배의 말에 반박할 수 없었다. 무사히 돌아와서 다행이고, 또 그러기를 바랐지만, 저 애가 잘못됐더라도 사람들은 금방 잊었을 것이다. 아니라고 하기엔 그런 일이 하루에도 몇 번이고 일어났다. 누군가는 어딘가에서 살해당하고, 그런 사건을 뉴스에서 접하더라도 그건 기사 몇 줄의 이야기일 뿐이다. 죽은 사람의 생애 같은 것은 상상하기 어려운 영역의 일이므로.

“그런데 선배는 진짜 어떻게 알았어요? 저 애가 돌아올 거.”

“시선이 너무 집중되어 있었으니까.”

선배는 그렇게만 말하고 입을 다물었고, 나는 그게 무슨 소린지 단번에 이해가 되지 않아 되물었다.

"그게 왜요?"

"애초에 표적은 너였어. 그런데 님프쉬가 착각해서 잘못 데려간 거지. 그럼 잘못 데려간 그 애를 어떻게 처분하려고 했을까? 이번엔 목격자가 너무 많았어. 기억 용해제가 다 떨어지는 바람에 내 쪽에서도 손을 쓸 수가 없었거든. 게다가 경찰 신고까지 들어가는 바람에 시끄러워졌지. 그들 모두의 기억을 한 번에 조작하는 것보다는, 그 애 하나만 그냥 돌려보내는 게 편리하다고 생각한 거야. 죽여서 어디 내다 버리는 방법도 고려했을 테지만, 그러면 사태를 더 수습하기 어려워지고 골치가 아파질 테니까."

"처분이라고요?"

왜 이 단어가 귀에 거슬렸는지 모르겠다. 뒤에 이어진 수많은 말들을 제치고 '처분'이라는 단어가 귓가에 박혀 계속 마음에 남았다. 쓸모없는 물건이나 처리해야 하는 대상을 지칭하는 말처럼 느껴졌기 때문이리라. 내 반문에도 선배는 그다지 이상함을 느끼지 못한 것 같았지만.

"그래, 이렇게 많은 원주민의 시선을 끌면 우주 연방 의회에서도 결국 나설 수밖에 없거든. 불체자는 어디까지나 자치 관할이라고 여태까지는 뒷짐 지고 나 몰라라 하고 있었겠지만 말이야."

"그 의회가 나서면 뭐 어떻게 되는데요?"

"직속 부대, 그러니까 연방 소속 군대가 와서 잡아가겠지. 차라리 그렇게 되면 나야 편하겠는데."

선배는 그렇게 말하며 빅맥 포장지를 벗겼다. 태권도장 맞은편의 맥도날드는 오늘도 텅텅 비어 있었다. 나는 두 개째의 빅맥 포장지를 벗기며 물었다.

"그럼 언제까지 이러고 살아야 해요?"

한 달이었다. 자그마치 30일 하고도 1일. 24시간 붙어 다닌다는 게 말이 쉽지, 사람 사는 게 사는 게 아니었다. 처음 몇 번은 화장실에 갈 때도 같이 들어가겠다는 걸 뜯어말리고 말려서 겨우 납득시켰었다. 정원 선배는 지구에서 백 년을 살았다면서도 여자 화장실에 남자가 들어가서는 안 된다는 사실을 좀처럼 받아들이지 못했다. 오히려 내게 이렇게 반박하고는 했다.

"지금 내가 입고 있는 몸의 성별이 지구인 남자일 뿐이지, 원래 우리에게는 지정된 성별이 없어. 그러니까 너도 나를 인간 남자라고 생각할 필요 없단 뜻이야."

듣고 보니 일견 그럴듯한 말이었으나 정원 선배와 내가 같이 지낸 시간 때문인지, 내 편견은 의외로 공고해서 눈에 보이는 선배의 성별에 연연하게 되는 것도 어쩔 수 없었다. 그럴 때마다 선배는 이렇게 한탄했다.

"너도 참 구식이다."

"구식이라 죄송하게 됐네요."

내가 비꼬며 그렇게 대꾸하면 선배는 정말로 의미를 모르겠다는 얼굴로 대꾸했다.

"네가 구식인 걸 왜 나한테 미안해해?"

선배는 내가 때때로 던지는 지구식 농담이나 비꼬기를 전혀 이해하지 못했고 그걸 구구절절 설명하면 할수록 나만 비참해졌다. 그게 진짜 열받는 부분이었다. 도대체 언제까지 선배를 옆에 달고 다녀야 하냐는 내 질문에 빅맥을 한 입 크게 베어 문 정원 선배가 웅얼거리며 말했다.

"그게, 우리한테 한 달은 그다지 긴 시간이 아니거든."

눈 한 번 깜빡이는 시간처럼 느껴진다고 하면 과

장처럼 들리겠지만 대충 그거랑 비슷해. 시간을 체험하는 단위가 달라. 이어지는 말에 나는 선배의 나이를 다시금 의식했다.

"선배, 그럼 지금 몇 살인 건데요?"

"지구 연력으로는 안 세어봐서 모르겠는데."

몇 살인지도 모르는 외계인이 잘도 스무 살 언저리 대학생 흉내를 내고 다녔다. 내 표정에 선배는 말을 돌렸다.

"그래서 지금 숨어 있는 불체자도 시간이 그렇게 흘렀다는 개념이 없을 거야."

"그럼 어떡해요? 이대로 10년, 20년이 지나도록 다시 나타나지 않으면요?"

"그럴 가능성이 없다고는 못 하겠네."

생각만 해도 끔찍했다. 몇 년 후, 취직해서 직장에 들어갔는데 옆에 따라다니는 정원 선배를 가리키며 사람들이 근데 이분은 누구셔? 라고 묻는 장면이 머릿속을 스치고 지나갔다. 또 그보다 더 시간이 흘러 내 결혼식에서 선배가 옆에 우두커니 서 있는 풍경까지도. 이어서 하객 전부가 내게 묻는다. 그런데 이분은 누구셔? 그런 일이 일어나게 놔둘 수는 없었다.

"선배는 투명 인간처럼 될 수 없어요?"

"그건 불가능해. 님프쉬만 가능한 능력이거든."

"그러면 선배는 할 줄 아는 게 대체 뭐예요? 남의 생각 엿듣는 거?"

"그게 이상하단 말이야."

정원 선배는 그렇게 말하고는 턱을 괴었다. 어느새 빅맥은 다 먹고 사라진 뒤였다. 무슨 외계인이 저렇게 햄버거를 좋아하는지, 햄버거 못 먹어서 죽은 귀신이라도 붙은 게 아닌가 싶을 지경이었다. 남은 감자튀김을 뒤적거리던 선배가 이어서 말했다.

"원래는 생각이 들리면 안 되는 거거든. 어쨌거나 나는 본체의 능력을 쓴 적이 없으니까. 지구에 체류하는, 허가받은 외계인들은 모두 그래. 결론은 네가 이상하다는 건데. 너 사실은 외차원 출신인 거 아니야?"

뭐래. 누가 뭐래도 내가 우리 엄마 딸이라는 건 확실하다. 물론 엄마가 외계인일 수도 있지 않냐고 한다면 백 프로 지구인이라 장담할 수는 없다. 그야 한 번도 엄마가 혹시 외계인이냐고 물은 적은 없었으니까. 대꾸할 가치도 없는 질문에 나는 고개를 돌려 창문 너머를 바라보았다. 태권도장이나 맥도날드나 번화가에 있어 밤인데도 지나가는 사람들이 꽤 있었다. 한참을 그러고 보고 있으니 종종걸음으로 걸어가던 여자애와 눈이 마주쳤다. 나는 웃어주었지만, 저 애가 어쩌면 외계인일지도 모른다는 생각에 오싹해졌다. 저 중에 누가 외계인이고, 누가 지구인인지 눈으로 보기에는 알 수 없었다. 선배는 심드렁한 태도로 말했다.

"몸을 지급할 때 되도록 성체를 지급하도록 하는 규정이 있으니까 그 부분은 걱정하지 마. 어느 국가든 미성년자는 신분 세탁하기 귀찮거든. 보호자도 딸려 있어야 되고. 특히 한국은 주민등록 시스템이 너무 잘 돼 있어서 새로 신분 만들기 얼마나 어려운지 알아?"

지금 그걸 걱정하는 게 아니잖아. 선배는 내가 길거리를 지나면서 스쳐 지나가는 사람 중에 누가 외계인일지 걱정하면서 살아야 한다는 게 말이 된다고 생각해?

"그리고 은근슬쩍 남의 생각 엿듣지 말라고 몇 번 말했어요?"

"너도 이제 말하는 거 귀찮아서 생각만 하잖아. 나 들으라는 거 아니었어?"

사실 그게 맞았다. 나는 점점 선배와 대화하는 방식에 익숙해지고 있었다. 한 달간 이어진 기묘한 동거 때문이었다. 타인과 대화할 때도 종종 생각만 하고 입 밖으로는 말을 꺼내놓지 않게 되는 바람에 관장님한테 너 요새 말수가 줄어들었다는 타박까지 들었다. 말수가 준 것까지야 그렇다 칠 수 있지만 필요한 말까지 하지 않게 되니 사람이 변한 것처럼 느껴지는 모양이었다.

선배는 내 생각을 못 들은 척 말했다.

"아무튼 10년, 20년까지는 기다릴 필요 없어."

"아까는 그럴 가능성도 있다면서요."

"불체자의 인내심이 어느 정도 될까를 가늠해보는 중이었거든. 너라면 얼마나 버틸 것 같아? 매일 24시간 쉬지 않고 같은 노래를 강제로 들어야 한다면."

"생각만 해도 끔찍한데요."

"지금 그 불체자 상황이 그래. 그날부터 계속 같은 노래만 반복하는 중이거든."

처음엔 그게 무슨 소린가 했다. 층간소음 이야긴

가 하다가 나는 곧 그게 선배가 내게 이야기했던 '생각이 들리지 않게 하는 방법'이라는 걸 깨달았다. 그러나 어떻게 사람이 24시간 같은 노래를 반복할 수 있단 말인가? 고장 난 라디오도 아니고. 그게 가능하다고 생각해본 적도 없거니와 만약 가능한 사람이 존재한다면 그런 사람과는 전속력으로 멀리 떨어지고 싶었다.

"너무 멀리 떨어지지는 마."

"징그러워요."

"보통은 그래. 그 불체자 한 달이면 많이 참은 거야. 우리 차원 사람들도 평균 일주일을 넘기는 꼴을 본 적이 없거든."

일주일? 나는 일주일이 아니라 하루도 못 버틸 거다. 선배는 진짜 집요하고 독한 외계인이었다. 외계인은 전부 저런 건지, 선배가 유독 저 모양인 건지는 내 주변에 있는 표본이 딱 둘뿐이라 모르겠지만.

"그 반복 중인 노래가 대체 뭔데요?"

"아, 마침 지금 나오네."

그 순간 맥도날드 스피커를 통해 흘러나오던 노래가 바뀌었다. 귀에 익은 전주였다. 매년 이 시즌만 되면 차트를 역주행해서 나타나는 머라이어 캐리의 연금곡이었다. 내가 유일하게 가사를 외우고 있는 캐럴이기도 했다. 물론 나는 이 노래를 좋아하지만(이 노래를 듣지 않으면 크리스마스 분위기가 안 난다), 그렇다고 한 달 24시간 내내 들어도 좋다는 말은 아니다.

그러고 보니 다음 주면 크리스마스였다.

"그래서 슬슬 원래 계획대로 될 것 같아."

원래 계획이라고 함은 나를 꼬치구이처럼 꽂아 저잣거리에 내걸겠다는 그 계획을 말하는 거였다. 그리고 한 달이나 지속된 이 생활에 진저리가 난 나는 그 어처구니없는, 달콤한 제안을 받아들일 수밖에 없었다.

"그 계획이란 거 설마 크리스마스에 맞춘 건 아니죠?"

"혹시 알아? 산타 할아버지가 선물을 준비했을지."

산타 할아버지가 선물을 준비했는지는 모르겠지만 이번 크리스마스에 내가 소원하는 건 하나 있었다.

"그게 뭔데?"

선배의 물음에 나는 의식적으로 생각을 중단하고 캐럴을 흥얼거리기 시작했다. 선배가 내게 가르쳐준 것 중에 가장 유용한 방법이었다.

✶

한밤중에 인적이 드물고 무슨 일이 일어나더라도 누군가가 신고하지 않을 만한 장소를 떠올려보라. 당장 어디가 떠오르는가? 나는 폐점한 쇼핑몰 같은 곳을 떠올렸으나 선배는 영화나 드라마를 너무 본 거 아니냐고 타박하고는(실제로 나는 그때 뜬금없이 〈새벽의 저주〉를 떠올리고 있었다) 나를 근처 고등학교 운동장으로 데리고 왔다.

이렇게 탁 트인 공개된 장소로 외계인을 불러들여 잡겠다는 게 말이 되나. 나는 의심을 품은 채 정원 선배를 노려보았으나 곧 선배가 왜 이곳을 선택했는지 알게 됐다. 팸은 운동장 가장자리를 한 바퀴 쭉 돌며 무슨 조약돌처럼 생긴 돌을 바닥에 꽂아 넣었다. 그러나 놀랍게도 아무 일도 일어나지 않았다.

"뭘 한 거예요? 뭐가 된 거예요?"

"저 결계석 바깥에서는 소리가 들리지 않게 된 거야. 이제 이 원 안에서 무슨 일이 일어나도 밖에서는 알 수 없어."

나는 바닥에 박힌 돌을 바라보았다. 솔직히 말해

저 돌멩이에 그만한 힘이 있어 보이지는 않았다. 요즘 내 주변에서 일어나는 일이 대개 이런 식이었다. 거기에 있는 줄도 몰랐던 돌멩이가 알고 보니 결계석이었다는 것처럼, 괴짜라고 생각했던 동아리 선배가 알고 보니 외계인이었다는 황당한 전개가 사실이 되고 말았다. 솔직히 한 달이 지났다 해도 이 부분을 인정하는 건 아직도 어려웠다. 누가 이런 황당한 이야기를 믿을까.

나는 돌멩이 바깥쪽으로 걸어 나갔다. 그러자 안에 있던 선배가 내 쪽을 향해 무언가 말을 했고, 그 소리가 정말로 내 귀에 들리지 않는다는 것을 확인한 후에야 작금의 상황을 인정했다.

선배는 입 모양으로 말했다.

빨, 리, 돌, 아, 와.

선배의 말은 무시한 채로 주변을 둘러보았다.

선배는 몰랐겠지만, 이곳은 공교롭게도 내게는 익숙한 장소였다.

지겹도록 운동장을 돌고, 토할 때까지 달렸던 곳이니까.

이곳은 내가 다녔던 고등학교였다. 기대주, 유망

주라는 말을 달고 다닐 때는 종종 '이은호 전국대회 우승'이라고 적힌 플래카드가 교문 앞에 내걸리곤 했다. 그 시절에는 당연히 미래의 내가 태권도 국가대표가 될 줄 알았다. 내 인생의 목표가 그것뿐이었으니 다른 미래는 상상할 수도 없었다. 아빠는 항상 말하곤 했다. "넌 운이 좋은 거야." 어린 시절에 이런 싹수를 발견하기 얼마나 어려운지 아냐? 남들은 공부할 때 너는 너 좋아하는 태권도 하잖아. 감사한 줄 알아야지. 그리고 그 일장 연설의 마무리는 늘 똑같았다. 국가대표가 돼서 메달을 따야 해. 그리고 광고도 많이 찍고 연금도 받고, 그 돈으로 우리 큰 집을 사자.

아빠가 제시한 장밋빛 미래 속에서 나는 늘 인생 역전의 주인공이었다. 어려운 환경 속에서도 아버지의 지원으로 꿋꿋이 재능을 피워낸 선수. 그런데 알고 보니 그 아버지는 아이를 키워준 양부였다. 이 사실이 알려지면 사람들이 얼마나 감동하겠는가? 친자식도 아닌 아이의 꿈을 이뤄주려고 불철주야 노력한 훌륭한 아버지. 모든 스포트라이트는 아빠를 향할 것이다. 알면서도 나는 아빠의 그 거창한 꿈을 이루어주고 싶었다. 그래서 먹고 싶은 거 덜 먹고, 놀고 싶은 거 덜 놀고, 게임하고 싶은 걸 꾹 참고 매일 도장에 갔다. 전국대회에서 메달을 따오고 내가 점점 유명해지면서 우리의 그 꿈도 손에 잡힐 듯 가까워졌었다.

언니는 아버지 쪽에서 데려온 아이였다. 그러나 아버지는 공부에도 운동에도 그다지 두각을 드러내지 못한 언니에게는 상대적으로 무관심했다. 그러니 우리 사이가 좋았을 리가 없다. 안 그래도 예민한 중학생 시기에 처음 만나 데면데면했는데 아버지 태도마저 그랬으니 명목상의 자매 사이에는 건널 수 없는 강이 생긴 거나 마찬가지였다. 나는 언니를 소 닭 보듯 대했고, 언니는 나를 대놓고는 아니어도 끔찍하게 싫어했으니(원래 이런 건 어릴 때 더 기민하게 알아차리곤 한다) 집안 분위기는 늘 살얼음판을 걷는 듯 위태로웠다. 물론 아버지는 모르는 일이다. 아버지에게는 다른 중요한 일이 많았고 자매 사이의 불화 정도는 적극적으로 몰라도 되는 일이었으니까.

같은 학교에 다녔던 언니는 때때로 운동장을 돌며 땀을 뻘뻘 흘리는 나를 구경하기도 했다. 나는 언니가 나를 비웃으려고 일부러 스탠드 그 자리에 앉아서 나를 구경하는 거라고 생각했다.

비웃으라지.

솔직히 나는 그때 우쭐했다. 언니의 아버지가 내게 보이는 관심이 자식을 향한 애정이라고 착각하고 있었다. 아버지는 친자식인 언니보다도 나를 좋아해. 언니는 아무것도 할 줄 아는 게 없으니까 사랑받지 못하는 거야. 그런 생각을 하며 우쭐했던 것이다. 그런데 언니에게는 놀랍게도 독심술 능력이 있었는지, 내가 그런 생각을 할 때마다 내 머리통을 손바닥으로 꾹 누르곤 했다. 내가 운동장을 돌 때도 마찬가지였다. 운동장에서 언니는 손에 쥐고 있던 배구공을 정확히 내 머리통에 맞추는 능력을 발휘하곤 했다. 그럴 거면 차라리 배구를 하지. 어느 날 내가 배구공에 머리통을 얻어맞고 화가 난 나머지 씩씩거리며 그렇게 소리를 지르자 언니는 "운동 같은 걸 왜 해? 이 날씨에 운동장 뺑뺑이나 도는 게 뭐가 재밌냐, 너는? 난 너처럼 미련한 년 되기 싫어." 하고는 사라졌다.

나는 그 말에 화가 머리끝까지 나서 길길이 날뛰

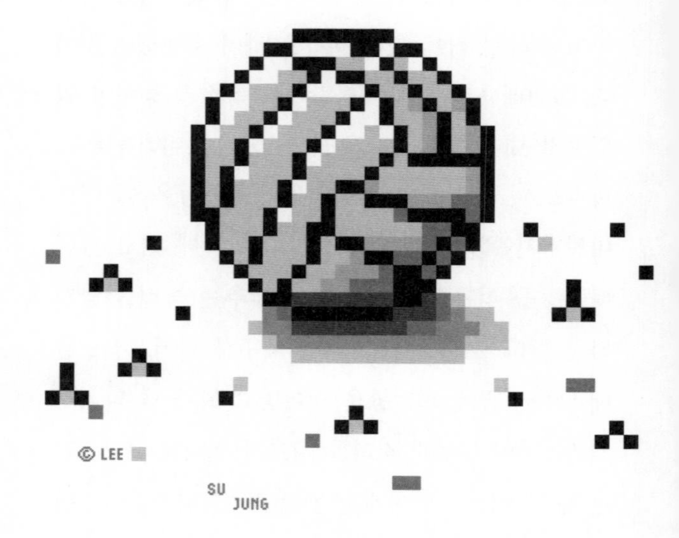
© LEE
SU
JUNG

었었다. 누가 좋아서 하냐고. 해야 하니까, 국대 돼야 하니까, 메달을 따야 하니까 하는 거지.

아직도 언니가 쏘아붙이는 목소리가 귓가에 선명하다. 어디선가 금방이라도 정신 차리라고 내 머리통을 향해 배구공이 날아올 것 같았다. 나는 멍하니 운동장을 바라보았다. 그러고 있으려니 선배가 다시 한번 내 쪽을 향해 말했다.

얼른 돌아와.

그 말에 나는 얼른 결계석 안쪽으로 들어왔다. 저 밖에 혼자 덜렁 서 있다가 무슨 일을 당할지 몰랐으므로. 나는 지금 고양이 앞에 놓인 생선이나 다름없는 처지였다.

"이게 뭘 어떻게 하면 돼요?"

"할 거 없어."

"예? 아무것도 안 해요?"

"이대로 기다리기만 하면 돼."

정원 선배의 자신만만한 태도 때문에 나는 적어도 무슨 방법이라도 있는 줄 알았다. 사람을 운동장 한가운데에 세워 놓고 우주선이 내려오기를 기다리라니, 비가 내릴 때까지 기우제를 치르라는 것과 다를 게 없지 않은가. 게다가 이런 황당하기 짝이 없는 명령을 팸은 아무렇지도 않게 수긍했다. 아마 이런 일이 한두 번이 아니었던 모양이다.

그리고 지루한 기다림의 시간이 이어졌다.

1시간쯤 흘렀을까. 나는 입이 찢어지도록 하품을 하고 자리에 철퍼덕 주저앉았다. 요즘 애들 운동장은 흙바닥이 아니라 인조 잔디가 깔려 있어 그다지 더럽다는 생각도 들지 않았다. 나 때는 흙바닥이었는데. 까슬한 인조 잔디가 손바닥에 스치는 느낌은 나쁘지 않았다. 내가 주저앉자 선배는 일어나라고 종용했지만, 그 말은 한 귀로 흘려들었다.

앉아 있으니 눕고 싶었고, 누웠더니 잠이 솔솔 왔다. 그러나 이런 영하의 날씨에 길바닥에서 잠들면 입이 돌아가거나, 저체온증으로 사망하거나 할 것이므로 가까스로 참았다. 조금 더 그러고 있다가 나는 정원 선배에게 말했다.

"안 올 것 같은데요?"

외계인은커녕 길고양이 한 마리도 나타나지 않을 것 같았다. 하긴 나라도 크리스마스이브 밤에 누군가를 습격하겠다는 생각은 하지 않을 것 같았다. 아,

외계인은 크리스마스가 뭔지 모르나. 하지만 정원 선배를 보면 크리스마스를 좋아하는 것 같았는데. 거기까지 생각했을 때 선배가 말했다.

"크리스마스 좋잖아."

"외계인이 종교 기념일을 좋아하는 줄은 몰랐는데요."

"종교 기념일이라 좋아하는 게 아니야. 크리스마스라고 들뜬 인간들을 보는 게 좋은 거지."

"그런 게 좋다고요?"

"트리를 꾸미고, 케이크를 사고, 선물을 주고받고. 평소엔 잘 안 하는 것들이잖아. 생각해보면 귀찮은 짓인데. 트리에 장식을 다는 것도 그렇고, 케이크를 사러 가는 것도 그렇고. 그런데 그 별거 아닌 의식이 뭐라고, 인간을 행복하게 해준단 말이야. 그리고 그 들뜬 분위기가 공기 중에 떠다녀. 신기하지 않아?"

그런 걸 의식하고 관찰해본 적이 없어서 몰랐다. 크리스마스 선물 같은 건 한 번도 받아본 적이 없었으니까 나와는 다른 세상 이야기라고 생각했었다. 아, 아니구나. 내 인생에서 딱 한 번, 크리스마스 선물을 받아본 적이 있긴 했다. 나는 선배에게 물었다.

"선배는 그게 신기해요?"

"정신이 하나로 이어지지 않은 개체들이 하나의 정서를 공유한다는 건 특별한 일이야. 넌 좀 애가 낭만이 없다."

낭만이 밥 먹여주나. 대다수가 동의하는 진실일 텐데, 낭만에는 별로 힘이 없다. 적어도 내가 알기로는 그렇다. 내가 그렇게 생각하고 있을 때 팸이 쳐놓은 원 안쪽에서 결계석이 윙윙거리기 시작했다. 눈에 보이는 건 아무것도 없는데. 선배가 "온다."라고 말하자마자 운동장 저 끝에 있던 철봉이 두부처럼 으깨졌다. 이어서 그 옆에 있던 농구대도 같은 신세가 되었다.

저 철봉과 농구대가 내가 아는 그 철봉과 농구대가 맞나?

너무 쉽게 우그러져서 현실성이 없었다. 철봉이 아니라 이쑤시개 같았다. 나는 멍하니 그 광경을 바라보다가 엎드리라는 선배의 말에 뒤늦게 잔디 위를 굴러 엎드렸다. 뭔가가 빵빵 터지는 소리가 연이어 울렸다. 꼭 저렇게 요란하게 등장해야 하나. 얌전하게 나타날 수는 없는 건가. 내가 그렇게 생각하자 선배가 말했다.

"크리스마스 이야기를 해서 화가 났나 본데."

"왜 화가 나요?"

"'크리스마스에 원하는 건 당신뿐이에요'를 수천 번 듣다 보면 그렇게 되나 보지."

그건 그럴 수도 있겠다. 나 같아도 선배의 'All I want for Christmas is you'를 한 달 내내 듣고 있으면 화가 많이 났을 것이다. 머라이어 캐리가 부른 버전이면 차라리 낫지. 선배는 지독한 음치에다 박치였다. 안타깝게도 머릿속으로 흥얼거리는 노래란 결국 선배가 부르는 노래나 마찬가지였으므로 그 불법 체류 외계인은 결국 정원 선배의 노래를 한 달 내내 들은 거나 다름없다. 그럼 화가 날 만하지, 암. 노이로제에 걸리지 않은 게 신기했다. 그런데 외계인도 노이로제에 걸리나?

"생각 좀 그만하고 이리로 튀어 와!"

선배의 일갈에 나는 생각을 그치고 포복 자세로 기기 시작했다. 상대는 투명해서 눈에 보이지도 않는데 이게 다 무슨 소용인가 싶었지만, 선배가 무작위로 상대방을 공격하려면 나나 팸은 바닥에 바짝 엎드려 있는 수박에 없었다.

나는 눈을 감고 최대한 정원 선배의 옆으로 가까이, 그러나 방해가 되지 않을 만한 위치로 기어갔다.

눈에 보이지 않으니 무작위로 공격을 퍼붓는 수박에 없다니. 처음 그 말을 들었을 때 나는 뭐 이런 단순 무식한 방법이 있나, 했지만 다른 뾰족한 수가 없는 것도 사실이었다. 뭔가가 터지는 소리가 연이어 울렸다. 마치 폭죽이 터지는 것 같은 소리였다. 펑, 펑, 펑, 펑펑. 이 소리가 만약 운동장 바깥으로 새어 나갔다면 누군가는 여기서 불꽃놀이를 하는 줄 알았을 것이다. 한참 그 폭죽 터지는 소리가 이어지다가 곧 부피가 큰 무언가가 바닥으로 쿵, 하고 떨어지는 소리가 들렸다.

고개를 들어 살짝 눈을 뜨자 저만치 앞에 움푹 파인 잔디가 보였다. 떨어진 모양대로 5센티미터 정도 바닥이 파여 있었다. 나는 마저 고개를 들며 물었다.

"잡았어요? 이제 다 끝난 거예요?"

주변을 둘러보니 운동장 꼴이 말이 아니었다. 조금 전까지만 해도 푸릇했던 잔디는 다 뒤집혀 쑥대밭이 되어 있었고, 애들이 쓰는 철봉이나 농구대, 축

구 골대 같은 기물이 전부 반파되었다. 옛날에 언니가 앉아 있곤 하던 스탠드 역시 마찬가지였다. 어쩌면 나의 기억 속 풍경이 이와 같지 않을까. 내 기억 속의 언니가 있는 풍경은 폐허가 되어버렸기 때문이다.

조금 전과 같은 자리에 서 있던 정원 선배가 대답했다.

"팸이 원래대로 돌려놓을 테니까 걱정하지 마."

"걱정 안 했어요. 원래대로 안 해놓으면 이번엔 진짜로 선배를 신고할 생각이었거든요."

"잘 생각했네."

"그래서 이제 다 끝난 거예요?"

선배는 바닥에 드러누워 있는 무언가를 손으로 집어 올렸다. 투명해서 눈에 보이지는 않았는데 부피감이 있다는 건 확실했다.

"글쎄. 이놈이 배후가 어디에 있는지 불어준다면 그땐 확실히 끝나겠지."

"배후라고요?"

"여태 내 말 뭐로 들었어? 분명히 불법 체류자들 뒤에 배후가 있을 거라고 했잖아. 그게 아마 나랑 같은 차원에서 온 개체일 거고, 불체자들 정신에 간섭

하고 있을 거야. 그 정신 간섭을 끊고 이놈의 기억을 들여다봐야 해."

선배는 주머니에서 육각면체 형상의 상자를 꺼내 그 안에 있던 가루를 공중에 뿌렸다. 그러자 눈에 보이지 않던 무언가가 투명도 약 60퍼센트쯤의 해상도로 보이기 시작했다. 외계인의 모습은 거대한 미꾸라지, 혹은 장어와 비슷했다. 머리는 비늘이 검은 빛으로 빛나는 장어의 형상이었고 그 밑으로는 미끌미끌한 몸통이 붙어 있었다. 장어와 다른 점은 팔다리가 달려 있다는 점이었는데, 그나마도 짧아서 제 기능을 하지 못할 것 같았다. 저 몸으로 공중을 날아다닌다는 게 신기했다.

언니를 죽인 범인을 마주한다면 나는 어떻게 할까. 머릿속에서 수없이 시뮬레이션을 돌리고(그 자식을 죽여버리리라 다짐하기도 했다) 몇 번이고 상상해보았지만 지금 이 상황과 같은 경우의 수는 존재하지 않았다.

나는 멍하니 하얗게 빛나는 장어를 바라보았다.

그사이 정원 선배는 공중에 둥둥 떠 있던 장어를 아까 그 육각면체 상자 안에 밀어 넣었다. 과연 저

© LEE SU JUNG

조그만 상자 안에 외계인이 다 들어갈까 싶었지만 놀랍게도 꾸역꾸역 그 안에 구겨져 들어갔다. 고체라기보다는 액체에 가까운 물성이었다.

"아공간에서는 정신 간섭이 통하지 않으니까 너도 끝이다."

선배는 그렇게 말하고는 육각면체를 바라보았다. 자세히 보니 육각면체 가운데에 동그란 구멍이 하나 나 있었는데, 선배는 그 안으로 말을 걸었다.

"도대체 원주민은 왜 죽이고 다닌 거야?"

당연히 돌아오는 대답은 없었다. 선배는 그럴 줄 알았다며 고개를 끄덕였고, 곧 상자가 웅웅거리며 돌아가기 시작했다.

"뭘 하려는 거예요? 죽이려고요?"

"왜 죽여. 기억을 들여다볼 거라고 했잖아."

상자는 더 빠르게, 빠르게 회전했다. 세탁기가 탈수할 때보다 더 빠르게 돌아가는 것 같았다. 안에 있는 외계인이 기절하는 거 아닌가 싶을 즈음에서야 선배는 "그만." 하고 상자를 멈췄다. 상자에서는 아무런 반응이 없었다.

"실패한 거 같은데요."

정원 선배는 대꾸하지도 않고 눈을 감았다. 그리고 입속으로 뭔가를 중얼중얼 외웠다. 그 모습이 지하철 1호선에서 많이 보던 사람들과 비슷했다. 나는 선배 옆에서 몇 발자국 떨어져 섰다.

얼마나 그러고 있었을까. 선배는 팸이 땅에 박았던 돌멩이를 전부 회수해 돌아오고도 몇 분은 더 똑같은 행동을 반복했다. 그러다 지루해진 내가 팸에게 "이제 집에 가도 돼요?" 하고 물었을 때, 선배는 눈을 떴다.

그리고 정원 선배가 뱉은 첫 마디는 "어?"였다.

무슨 의미의 '어?'인지는 알 수 없었다. '어~?'였는지, '어!'였는지, 그것도 아니면 단순한 감탄사였는지 나로서는 알 길이 없었다. 내가 선배의 마음을 들을 수 있는 건 아니었으므로. 그러나 뭔가가 잘못되었다는 감각만은 분명하게 느낄 수 있었다.

"왜요? 기억이 잘 안 보여요? 그 배후란 게 도대체 누군데요?"

도대체 그 연쇄 살인범의 배후가 누군지 나는 알아야 했다. 저 장어를 원망하고 증오하며 살아갈 수는 없었다.

정원 선배는 내 물음에도 한참을 '이게 이럴 리가 없는데', '이럴 수 없는데' 같은 소리를 지껄이더니 자리에 털썩 주저앉았다. 상자는 제자리에서 빙글빙글 돌다가 선배의 바로 앞에 떨어졌다. 나는 하마터면 선배의 멱살을 잡을 뻔했다.

"도대체 왜 그러냐고요. 그런 식으로 '어?' 하고 아무 말도 안 하는 거 법으로 금지 시켜야 해, 진짜."

"동감이야."

팸이 내 말에 맞장구를 쳤다. 그러자 선배는 그제야 우리 쪽을 보았다.

"별 건 아니고."

"뜸 들이지 말고 바로 말해요."

"내가 아는 사람 얼굴이 보여서 놀란 것뿐이야."

정원 선배는 저 장어 외계인의 기억 속에서 아는 사람 얼굴을 보았다고 했다. 그게 무슨 의미인지 조금 시간이 지난 뒤에야 알았다. 그건 연쇄 살인범의 배후에 있다는 그 외계인이 선배가 아는 사람이라는 뜻이었다.

팸이 물었다.

"아는 사람 누구요?"

“너도 아는 사람이야, 팸.”

그 말에 팸의 얼굴도 선배와 비슷하게 일그러졌다. 선배와 팸이 동시에 아는 사람이라고 하면 범위가 급격하게 좁아졌을 텐데, 그래서 팸도 누군지 대충 짐작이 간 모양이었다. 팸은 ‘그럴 리가’, ‘설마’ 따위의 말을 중얼거리다 간신히 입을 뗐다.

“설마 전대 소장이에요?”

그 말에 선배는 긍정하지 않았지만, 그렇다고 부정하지도 않았다. 그러나 대답으로는 충분했다.

6

백정원은 지구의, 정확히 말하자면 우주 연방 의회에서는 '안달로프'라 명명한(안달로프는 '푸른 빛의 구(球)'라는 뜻이다) 차원의 두 번째 차원 출입국 관리소장으로 부임했다. 물론 말이 좋아 소장이지 직원은 소장인 백정원과 팸, 단 둘뿐인 초라한 관리소였다. 안달로프 차원의 소장으로 부임한다는 백정원을 두고 다들 좌천당한 거라며 수군거렸으니 알 만했다.

연방 의회가 보기에 지구는 별 볼 일 없는, 아직 문명화가 덜 된 미개한 차원이었다. 연구할 만한 가

치도 없고 지각 있는 지성체는 눈을 씻고 찾아봐도 찾을 수 없는, 말 그대로 미개 문명 차원. 4차까지 갱신된 범우주 생명체 존엄 보장 조례에 따라 지구는 보호받고 있지만, 바꿔 말하자면 다른 차원의 지성체를 받아들일 만한 문명이 존재하지 않는다고 판단되었기 때문에 일방적으로 배제당한 것이다.

백정원의 선임이었던 전대 소장은 드물게도 우주 연방 의회의 그런 결정에 반대하던 사람이었다. 전대 소장, 그러니까 아일라는 이상주의자였다. 아일라는 모든 차원의 생명체에게는 종족의 미래를 스스로 결정할 자유가 있다고 보았다. 그것이 연방 의회가 인정한 지성체든, 아니든 간에.

백정원은 아일라의 생각에 적극적으로 반대하지는 않았지만, 그렇다고 동의하지도 않았다. 미개한 차원을 보호하겠다는 게 뭐가 나빠? 보호받아야 하는 차원은 마땅히 보호받아야 한다. 외차원의 존재를 받아들일 준비가 되지 않은 상태에서 외차원인들이 들이닥치면 그 차원에는 미래가 존재하지 않을 것이다. 백정원은 그렇게 생각했다. 그 생각은 지금도 변함이 없었다.

언젠가 아일라는 인수인계로 차원 출입국 관리소를 찾은 백정원에게 이렇게 물었다.

"의회가 어떤 차원을 미개 문명으로 판단하는 근거가 뭐라고 생각해?"

그때만 해도 차원 출입국 관리소는 런던에 있었다. 소장이 사는 지역에 관리소를 만드는 게 관례였기 때문이었다. 아일라는 런던에서만 백 년을 넘게 살았다. 백정원은 곧 비가 내릴 듯 어두워진 창밖을 바라보았다. 마차가 몇 대 줄지어 지나가고, 이어서 자동차가 지나갔다. 도로라고 할 만한 길이 존재하지 않았기에 자동차가 지나가면 인간들은 그 무식하게 빠른 고철 덩어리에 부딪히지 않기 위해 알아서 피해 가야 했다. 백정원은 느릿느릿 답했다.

"지성체가 존재하지 않는다는 게 가장 큰 판단 근거겠죠."

"지성체와 지성체가 아닌 종을 구분하는 기준이 뭔데?"

"글쎄요. 독립적인 존재로서의 자기 인식이 가능한 것? 인지 능력? 사고 능력? 그것도 아니면 언어 능력일까요? 하지만 이 차원의 인간도 어느 정도의 지능을 갖고 사고하는 건 분명해 보이는데요. 어느 정도 수준인가 단적으로 말하기는 아직 어렵지만요. 잘 모르겠네요."

"의회는 원주민의 지능엔 관심조차 없어. 중요한 건 지능이 아니야. 미개 문명의 과학 발달 수준이라거나 그 사회 주류 개체의 지능은 한 번도 고려의 대상이 된 적이 없어."

"지능이 아니라면 그럼 기준이 뭔데요?"

백정원이 그렇게 물었을 때, 창밖에서 큰 소리가 났다. 백정원은 창밖을 흘깃 내려다보았다. 미처 피하지 못한 어린아이가 자동차에 치인 모양이었다.

아일라가 말했다.

"살아 있는 존재에 대한 연민."

그사이 아이를 친 자동차는 그대로 후진을 하더니 다른 방향으로 사라졌다. 인파가 몰려들어서 아이의 모습은 곧 눈에 보이지 않게 되었다.

백정원은 아일라의 말을 단번에 이해하지 못했다. 지성체와 지성체가 아닌 종을 가르는 기준이 살아 있는 존재에 대한 연민이라니. 그게 무슨 말인가. 연민할 수 있다면 지성체가 된단 말인가? 그렇다면 안달로프 차원의 인간들이 그 범주에 들어갈 수 없는 이유는 무엇인가. 백정원은 부임 후 한 차례 차원을 순회하면서 이 차원의 인간들이 살아가는 모습을 보았다. 그들은 연민하기도 하며, 누군가의 아픔에 눈물을 흘리기도 하고, 공감하기도 했다. 그런 모습을 떠올리며 백정원은 이들이 왜 지성체의 범주에 속하지 못했는가 고민했지만 마땅한 답을 찾을 수 없었다.

"그런 기준이라면 왜 지구인들은 지성체로 분류되지 못한 거죠? 그들은 연민할 줄 아는 종족인데요."

창밖의 소란은 곧 잦아들었다. 아이의 시신을 품에 안은 누군가가 눈물을 흘렸다. 백정원은 저 슬픔이 바로 그 증거라고 생각했다. 그러나 아일라가 말했다.

"내가 한 말을 제대로 들어. 살아 있는 존재에 대한 연민이라고 했잖아. 같은 종에게 연민하기는 쉬워. 진짜로 어려운 건 다른 종을 향한 연민이야."

"어째서 그게 어려운가요?"

백정원과 아일라는 같은 차원에서 왔다. 그들에게는 당연한 상식이 이쪽에서는 당연한 것이 아닐 때 백정원은 혼란스러워지고는 했다. 아직 외차원에 적응하지 못했기 때문이리라. 아일라는 그 혼란에 익숙한 듯 보였다.

"글쎄. 내가 여태까지 관찰한 바로는 소통 방식의 차이 때문이 아닌가 싶은데. 그래서 그런가, 인간은 좀처럼 '우리'의 개념을 확장하지 못해. 상상하지 못한다고 보는 게 맞겠다."

"그게 무슨 말이에요?"

"어떤 인간에게 우리가 아닌 그들의 고통은 우리랑은 상관없고, 적극적으로 몰라도 되는 고통이기 때문이야."

백정원은 그렇다면 인간 종이 지성체로 분류되지 않은 것도 이해가 간다고 생각했다.

"그래도 드물지만 그런 사례가 존재하지 않나요?"

"그래, 그게 좀 헷갈리는 부분이야. 어떤 인간은 놀라울 정도로 강한 연민을 타종에게도 보이는데, 다른 어떤 인간은 같은 인간에게조차 연민을 보이지 않아. 피부색이 다르다거나, 성별이 다르다는 이유 하나만으로. 연민의 범위를 자신 밖으로 확장하지 못하는 거지. 사실 그래서 이 차원의 문명 수준은 아직 보류 단계에 있어."

"결정된 사항이 아니라고요?"

"그래. 나는 증거를 찾으려고 왔어."

그들이 지성체가 될 수 있는가 하는 증거를.

백정원은 그렇게 말하며 웃던 아일라의 얼굴을 기억했다. 인수인계를 마친 후 아일라는 조금 더 지구에 체류할 계획이었다. 영국에 너무 오래 있었으니, 이번에는 아시아 대륙 쪽으로 가볼 생각이라는 이야기도 했다.

그리고 얼마 지나지 않아 전쟁이 터졌다.

한 번, 그리고 두 번.

아일라가 중국에 있을 때 백정원은 자신이 한국 쪽에 차원 출입국 관리소를 차렸다는 소식을 전했지만, 답장은 오지 않았다. 그 이후로 아일라와는 완전히 소식이 끊겼다. 백정원은 아일라가 당연히 본 차원으로 돌아갔겠거니 추측했다. 당시 아일라가 받은 체류증의 기한은 20년짜리였으므로.

백 년이나 지났는데 그 얼굴을 불법 체류 외차원인의 기억 속에서 보게 될 줄 예상이나 했겠는가.

아일라 소장, 도대체 안 돌아가고 어디서 뭘 하고 돌아다니는 거야?

백정원은 아일라가 백 년 전 받은 인간의 몸을 아직도 쓰고 있다는 것에 기함했다. 보통 차원 여행 시 받는 몸에는 사용 기한이 정해져 있다. 대개 20년. 갈아타는 게 싫어서 오래 쓰면 30년이다. 너무 오래 쓰면 몸이 고장 나기 때문이다. 아무리 뛰어난 과학 기술로 만들어낸 몸이라 해도, 시간을 이길 수 있는 유기체는 없다. 아마도 지금 아일라의 몸은 인간으로 치면 140세 노인의 것과 비슷해져 있을 것이었다. 살아서 움직이는 게 신기한 수준이다.

본체로 돌아가는 게 편했을 텐데.

백정원은 그제야 불법 체류 외차원인이 자기와 동족이면서도 지구에서 들키지 않고 살아올 수 있었던 이유를 깨달았다. 아일라가 본체로 돌아가지 않았기 때문이다.

“팸, 지금 당장 본 차원과 통신 연결해줘. 아일라가 돌아가지 않은 게 확실한지 알아봐야겠어.”

“물어보나 마나일걸요.”

백정원이 다시 한번 재촉하자 팸은 그제야 운동

장에서 벗어나 사라졌다. 백정원은 아직 그 자리에 남아 있는 이은호를 바라보았다. 피해자가 관련된 일에 너무 오래 붙들어두었다. 사실 백정원은 이은호를 이번 일에 끌어들이고 싶지 않았다. 불법 체류 중인 님프쉬가 이은호의 생명을 위협하지만 않았더라면 백정원은 이은호의 기억을 지우는 것을 선택했을 것이다.

그리고 그 생각은 지금도 유효했다.

"다 끝났어. 이제 괜찮으니까 넌 집에 가도 돼."

아일라가 진짜로 불법 체류 외차원인의 배후가 맞는지, 테러 사건의 주모자가 맞는지 확인하고, 검거하는 일이 끝난다면 이은호의 기억을 지우는 게 좋겠다고 백정원이 판단했을 때 이은호가 물었다.

"아는 사람이면 뭐가 달라져요?"

"응?"

"범인이요. 선배가 아는 사람이면 결과가 달라지냐고요."

이은호는 그렇게 묻기만 하고 백정원의 대답을 기다렸다. 아마도 아일라가 처벌받지 않게 될 가능성에 대해 생각하는 듯했다. 백정원은 고개를 저었다.

"달라질 거 없어. 당연히 본 차원에 송환된 후에는 정식 재판을 받게 될 거야. 1, 2년도 아니고 80년 이상 체류증도 없이 외차원에 체류했으니 아마 남은 일생은 감옥에서 보내야겠지."

"그게 다예요?"

"그럼 뭐가 또 있어?"

그 물음에 이은호는 씩씩거리며 백정원을 노려보았다. 백정원은 이해할 수 없었다. 모든 일이 잘 해결되었고, 범인의 배후에 있는 존재가 누구인지도 알았고, 이제 다 끝났으니 자유의 몸이 된 것을 기뻐해도 모자란 마당에 왜 화를 내고 있는 걸까? 분노의 이유를 짐작조차 할 수 없었다. 백정원이 아무 말도 하지 않자 이은호가 입을 열었다.

"아무리 그래도 여섯 명이나 죽였는데, 본 차원으로 돌아가서 불법 체류에 대한 재판만 받으면 다예요?"

"아, 당연히 그에 대한 처벌도 받지."

백정원의 차원에서는 불법 체류에 대한 처벌 수위가 유독 높았다. 그걸 제외하고도 외차원에서 저지른 범죄 행위 역시 추가로 기소될 터였다.

"얼마나요?"

"글쎄…. 1년? 많이 받으면 2년이려나."

그 말에 이은호의 얼굴이 와락 구겨졌다.

"그게 다예요? 불법 체류는 몇백 년을 받아도, 사람 몇 명 죽인 걸로는 그거밖에 안 받아요? 외계인들 법은 왜 그 모양이에요? 시간을 체험하는 감각이 달라서 1년은 하루나 다름없다더니, 그럼 사람을 죽여도 겨우 감옥에서 하루를 살고 나오면 끝이란 소리예요?"

그 말의 의미를 이해할 수 없었다. 백정원은 되물었다.

"무슨 소릴 하는 거야?"

"선배야말로 무슨 소릴 하는 건데요."

두 사람은 잠시 서로의 혼란스러움을 마주 보고 섰다. 이윽고 백정원은 자신의 입장에서는 지극히 당연한 상식을 입에 올렸다.

"그야… 인간이 '사람'은 아니잖아?"

마지막으로 내뱉은 말에 이은호의 표정이 무너졌다. 백정원은 이은호가 넋이 나간 채 집으로 가버리고 난 후에도 그 이유를 좀처럼 이해하지 못했다.

7

전부터 무슨 소리를 하는 건지 서로 이해하지 못했는데, 아마 '사람'이라는 단어부터 해석의 차이가 있었던 모양이었다. 나는 그제야 정원 선배의 말에서 종종 느끼곤 하던 위화감의 정체를 깨달았다. '처분'이라는 단어에서 느꼈던 불쾌감, '원주민'이라는 단어에서 느껴졌던 미약한 경멸의 기운. 그런 것들이 하나의 결론을 가리키고 있었는데, 어쩌면 그전부터 내가 눈을 감고 귀를 막고 있었던 걸지도 모른다.

어째서 외계인이 지구에 온다면 당연히 인간을 존중하리라고 생각했을까?

존경까지는 아니더라도, 적어도 지각 있는 종족으로 인정받을 줄 알았다. 인간은 생각을 하고 언어를 사용하며 사회를 이루어 살 줄 아는 종이기 때문이다. 사실 그 생각까지도 안 갔다.

그야 당연히, 만물의 영장, 지구의 주인이 인간이니까.

이 생각이 얼마나 옳은지 그른지는 차치하고 저들은 당연히 우리를 존중해야 한다고 생각했던 거다.

그날 선배는 인간이 어째서 지성체로 분류되지 못했는지, 지구라는 차원(안달로프인지 칸달로프인지 알게 뭐람)이 왜 미개 문명으로 보호받고 있는지, 이 보호 조치 덕분에 지구가 혼란에 빠지지 않고 유지되고 있으며 아마 앞으로도 외차원인의 존재를 지구인이 알게 될 일은 없을 거라고 설명했다.

물론 나는 그 설명의 대부분을 이해하지 못한 채로 흘려들었다.

싸울 의지도 잃어버린 나머지 그대로 짐을 싸서 집으로 돌아갔다. 밥을 먹고, 씻고, 자려고 침대에 누워서 천장을 바라보면서 선배의 말을 곱씹었다. 여전히 대부분의 말을 이해할 수 없었다.

그럼 언니는… 언니의 죽음에는 어떤 의미가 있단 말인가.

애초에 죽음에 어떤 의미가 있어야 한다는 생각은 없었다. 그저 언니의 죽음은 내게 이해할 수 없는 사건이었기에 그 사건을 완전히 이해하지 않고서는 앞으로 단 한 발자국도 나아갈 수 없었던 것뿐이었다.

가까웠던 누군가의 죽음을 이해하는 건 불가능하다 따위의 말을 하는 게 아니다. 적어도 나는 이 죽음이 납득 가능한 것이기를 바랐다. 그러나 사건의 진상이 대부분 밝혀진 지금, 나는 여전히 이 사건을 이해할 수 없었다.

전대 소장이었다는 그 외계인은 도대체 무슨 생각으로 사람들을 죽이고 다녔던 걸까?

그런데 선배는 무엇이 끝났다고 생각한 걸까?

언니를 죽인 외계인보다도, 인간은 사람이 아니니 처벌을 그따위로 받는 거라는 사실을 알려준 선배가 더 원망스럽다면 이 감정은 타당한 감정인가.

며칠을 내리 생각했지만 이어지는 의문들을 해결하지 않고서는 도저히 견딜 수가 없겠다는 판단이 섰다.

그리하여 나는 지금 정원 선배의 뒤를 밟고 있었다.

선배를 믿을 수가 없었다. 선배는 그 외계인을 잡으면 본 차원으로 송환해 재판을 받게 할 거라고 했다. 그러면 모든 게 끝이다. 여섯 명이 죽은 일은 지구에서는 영원히 미결 사건으로 남을 테고, 본 차원으로 송환된 외계인은 그 죄로 고작 1년을 선고받을 것이다.

선배는 내가 그 이야기를 꺼냈을 때 뭐가 문제냐고 했다.

어차피 불법 체류 때문에 무기징역 확정인데, 인간을 살해한 건으로 1년을 더 받는 게 뭐가 문제냐고. 결과적으로는 똑같지 않으냐는 거였다. 선배 말대로 결과적으로 잘된 일일 수 있었다. 나는 언니를 죽인 범인이 누군지 알았고, 그 범인은 이제 감옥에 들어가 다시는 밖으로 나오지 못할 거라는 결론을 얻었으니까.

그러나 그게 다인가?

그렇지 않았다. 적어도 내게는 그렇지 않았다. 그 외계인에게 언니를 죽인 죄로 1년밖에 물을 수 없다면. 그렇다면 내가 할 일은 정해져 있었다.

정원 선배는 한동안 사무실 안에서 밖으로 나오지 않았다. 사무실 안에 있는, 공항으로 가는 문을 통해 어딘가로 왔다 갔다 했을 수는 있으나 내가 그것까지 알아낼 수는 없었다. 그리고 사흘 만에 겨우 밖으로 나와 어딘가로 이동하기 시작했다. 팸도 당연히 같이 움직일 거라 생각했는데 의외로 선배 혼자였다.

어디로 가는 걸까? 알 수 없었다. 지금 그 외계인을 만나러 간다는 보장도 없었다.

그래도 사무실 맞은편 건물 2층 노래방에서 매일 선배 사무실만 쳐다보고 앉아 있는 것보다는 나았다. 나는 노래방을 나와 선배의 뒤를 쫓았다. 선배는 지하철역으로 향했다. 나는 선배에게 들키지 않도록 주의하며 선배가 탄 칸 바로 다음 칸의 열차를 탄 뒤에 앞칸으로 이동했다. 다행히 선배가 탄 칸에는 사람이 꽤 많았다. 나는 정원 선배의 등을 노려보며 몇 정거장을 지나갔다. 그리고 열차가 서울역에 가까워질 무렵 선배는 내리려는 듯 문 앞에 가서 섰다. 나도 그 옆의 문 앞으로 가 섰다.

이윽고 열차가 서고 문이 열렸다. 선배는 승강장

에 내린 다음 에스컬레이터를 타고 위로 올라갔다. 나는 사람들 틈에 파묻혀 이동하면서 선배가 탄 에스컬레이터에 올라탔다. 서울역 같은 곳은 사람이 많아서 이렇게 대놓고 쫓아가도 상관이 없다는 게 편리했다. 어쩌면 선배도 일부러 사람이 많은 곳으로 이동하고 있는 건지도 모른다.

정원 선배는 역사 밖으로 나가지 않고 공항 철도로 환승하는 길로 빠졌다. 그리고 엄청난 길이의 에스컬레이터를 몇 번 더 탔다. 선배가 가는 길을 따라가며 표지판을 보니 KTX를 타러 가는 길이었다. 설마 서울에서 벗어나려는 건가? 어디까지 가려는 건지 감조차 오지 않았다. 게다가 나는 표를 예매하지도 않았다. 만약 선배가 기차를 탄다면 나는 승강장에서 닭 쫓던 개가 될 예정이었다. 멍하니 계단을 따라 올라가자 이윽고 눈에 익은 서울역 KTX 승강장이 나타났다.

선배는 설렁설렁 승강장을 가로질러 걷다가 12번 플랫폼에서 멈춰 섰다.

기차를 기다리는 사람들이 보였다. 조금 있으면 기차가 도착할 예정인 듯했다. 최종 목적지는 아마도 부산. 중간에 어느 역에서 내릴 가능성도 배제할 수는 없었다.

나는 선배가 열차에 오르기 전에 붙잡아야겠다고 생각했다. 원래라면 붙잡을 생각은 하지 않았겠지만 비상 상황이라 어쩔 수 없었다. 그러나 내가 선배를 부르기 전에 선배가 돌아보며 내게 물었다.

"설마 들키지 않을 거라고 생각한 거야?"

들키지 않으리라 생각한 건 아니었다. 왜냐하면 어느 정도의 거리 안으로 들어가면 선배의 머릿속으로 내 생각이 흘러 들어가기 때문이다. 그래서 아까 전부터 계속 속으로만 노래를 흥얼거리고 있었다. 아마 선배는 그 노래를 듣고 내가 근처에 있다는 걸 알게 됐을 것이다.

"이제 제법 잘하네."

"그러게요. 이게 되네."

말을 하면서까지 노래를 부르는 건 아직 조금 어려웠지만, 생각의 흐름을 어느 정도 차단하는 건 가능하게 됐다. 나는 선배에게 물었다.

"그 외계인, 어디에 있는지 알아요?"

"응. 대전에 있는 게 마지막으로 확인됐어. 그래서

지금 찾으러 가려고."

대전이라니. 생각지도 못했던 지역이었다. 선배는 시계를 흘깃 쳐다보고는 말했다.

"아일라 소장을 만나서 뭘 어쩌려고?"

나는 선배의 얼굴을 노려보았다. 생각이 들렸을 것 같지는 않았는데 어떻게 알았을까.

"네 얼굴에 다 쓰여 있어. 그 정도는 안 들려도 알지."

"그래서 막을 거예요?"

"음… 아니."

"왜요?"

"네가 소장을… 아니, 아일라를 죽일 것 같지는 않아서."

"확신은 하지 마세요. 간신히 참고 있으니까."

"웬만하면 계속 참아주라. 외차원인이 지구에서 살해당하면 나도 골치가 아파지거든."

"그럼 저도 잡아가세요."

"순순히 잡혀줄 거야?"

"아니요."

"그럴 거면서."

정원 선배의 그 말을 마지막으로 곧 요란한 소리

와 함께 기차가 플랫폼 안으로 들어왔다. 기차의 문이 열리고, 사람들이 줄지어 그 위로 오르기 시작했다. 선배는 열린 문을 흘깃 쳐다보았다가 다시 내 얼굴을 보았다.

"하나만 물어봐도 돼?"

"그러세요."

"범인이 언니를 죽인 이유를 아는 게 왜 그렇게 중요해? 친언니도 아닌데."

그 말에 나는 정원 선배의 얼굴을 물끄러미 들여다보았다. 선배가 알고 있으리라고는 생각했다. 내가 내 생각을 통제하기 전부터 듣고 있었을 테니까. 선배가 이어서 말했다.

"신기해서 그래. 혈연이 아니더라도 언니를 너의 범주에 들여놓을 수 있는 게."

"신기한 일은 아니죠. 가족은 혈연이 다가 아니니까요."

언니와 나는 피 한 방울 안 섞인 남이다. 그러나 가족이기도 하다. 언니를 내 유일한 가족으로 인정한 순간부터 쭉 우리 둘만 서로의 가족이었다.

아버지는 내가 국가대표가 될 수 없다는 사실을

깨닫자마자 그동안 내게 보내주었던 전폭적인 지원을 모조리 취소했다. 태권도장에 다니는 비용과 생활비, 그리고 용돈까지도. 멍청한 나는 그제야 깨달았다. 아버지가 한 것은 사랑이 아니라 투자였다는 것을. 언니가 아무것도 할 줄 아는 게 없으니까 사랑받지 못했던 거라면, 나 역시 쓸모가 없어지면 마찬가지 신세가 되리라는 것을. 사랑받기 위해서 그렇게나 발버둥 쳤는데.

아버지는 나를 붙잡고 늘어지며 물었다. "그렇게 돈을 썼는데 왜, 왜 더 잘하지 못하는 거냐."고. 그러고는 국대가 될 수 없다면 대학은 가서 무엇하냐고 했다. 아버지 입장에서 봤을 때 국가대표가 될 수 없으면 그건 실패한 인생이었다. 내가 태권도학과에 간다고 해도 마찬가지였다. 그 앞에서 내가 무슨 말을 할 수 있을까? 그런 거라면 나는 대학에 가지 않겠다고 했다. 반쯤은 오기였다. 합격했다는 사실을 아무에게도 알리지 않은 것은 그래서였다. 그런데 언니는 어떻게 알았는지 어디선가 합격 소식을 듣고 왔다. 아마 내가 다니던 학교에 걸린 현수막을 본 게 아닌가 싶었다. 언니는 내게 말했다.

“딴생각 말고 하고 싶은 대로 해.”

언니의 그 말이 내게 더 큰 혼란을 주었다. 평생 국대가 되는 것만을 목표로 살아왔는데 하고 싶은 게 있었겠는가. 하고 싶은 게 뭔지 모르겠다는 말에 언니는 또 한 번 나를 비웃었다.

“멍청이라서 그래. 넌 네가 하고 싶은 게 뭔지 제대로 생각해본 적도 없지?”

나는 멍청이였지만 그 말을 언니에게서 듣고 싶지는 않았다. 언니가 뭘 알고 떠들어대냐고 대들었을 때 언니가 말했다.

“학자금 정도는 대출해도 돼.”

아마 언니도 대출해봤자 갚을 길이 요원하다는 것쯤은 알았을 텐데. 한 학기만 대출한다고 끝나는 게 아니라 다음 학기, 그다음 학기도 대출해야 했기 때문이다. 아무리 생각해도 무모한 일이었다. 그러나 그 무모한 일을 가능하게 한 게 언니였다. 함께 은행 창구에 앉아 있을 때 언니는 내 손을 꼭 잡으며 내게만 들릴 정도의 목소리로 속삭였다.

“사람은 어차피 다 똑같아. 아빠는 그냥 너한테서 자기 자신을 비춰본 것뿐이야. 그리고 그걸 본인이 이룬 거라고 착각한 거고. 부질없는 짓이지. 근데 사람이 하는 짓이 대부분 그래. 그러니까 앞으로는 네 인생에 관심도 없는 남들이 뭐라건 좆까라 그래."

그날은 크리스마스이브였고, 그게 내가 처음이자 마지막으로 받았던 크리스마스 선물이었다.

정원 선배는 내 생각을 어디까지 들을 수 있을까. 아마 언니가 내게 했던 말을 듣는 건 가능하겠지만, 언니가 내 손을 잡았을 때 내가 느꼈던 감각, 내 감정까지는 알지 못할 것이다.

나는 주먹을 쥐고 천천히 손을 들어 올렸다. 선배는 공중에 뜬 내 손을 그저 바라보고만 있었다. 내가 때릴 거라는 걸 예상이라도 한 것처럼.

그래서 생각이 바뀌었다. 원래는 주먹으로 때리려고 했는데. 나는 중간에 손바닥을 쫙 폈다. 그리고 짝, 하는 소리가 승강장 내부에 울려 퍼졌다.

선배의 얼굴이 옆으로 조금 돌아갔고, 주변에 있던 사람들의 시선이 우리 쪽으로 꽂히는 것이 느껴졌다.

"왜 안 피했어요?"

때릴 줄 알고 있었으면서. 선배는 고개를 똑바로

세우며 조금 웃었다.

"맞을 짓을 했나보다 했지."

"좀 많이 하긴 했어요. 그래도 한 대만 때릴게요."

"아주 고맙네."

"내가 멀쩡해 보인다고 해서 슬프지 않다는 뜻은 아니에요."

떠나간 사람. 돌아오지 못하는 사람. 나는 이제 언니가 돌아오지 못한다는 걸 인정하고 하루하루를 살아가고 있지만 그게 내가 슬프지 않다는 뜻은 아니다. 생각보다 많은 사람이 누군가 소중한 이를 잃은 사람이 멀쩡히 살아가는 꼴을 보면 손가락질한다. 저것 봐. 가족이 죽었는데 멀쩡하잖아. 밥을 먹고, 출근을 하고, 잠을 자고, 멀쩡히 말하고 대화하잖아. 그런 말들을 태연히 내뱉을 수 있는 인간은 상처가 될 만한 질문을 아무렇지도 않게 던진다. 보험금이나 돈 얘기를 꺼내는 인간들이 대표적이다.

친언니가 아닌데도 알아야 하느냐고?

어떤 죽음은 그렇다. 그 이유를 알지 못하면 남겨진 이들이 그 죽음을 안고 살아갈 수밖에 없다.

선배는 고개를 끄덕였다.

"네가 슬프지 않아 보였다는 게 아니야. 다시 만났을 때부터 네 마음은 계속 똑같았으니까."

그리고 기차가 떠날 시간이었다. 선배는 계단을 오르며 내게 미안하다고 사과했다.

무엇에 대한 사과인가. 친언니도 아닌데 그게 중요하냐는 말? 인간은 사람이 아니기 때문에 인간을 죽여도 처벌이 가벼울 수밖에 없다고 했던 말? 그게 선배의 잘못이 아니란 것은 안다. 선배가 사는 차원의 높은 이들이 정해놓은 규칙이라는 걸 어쩌겠는가. 그러나 머리로는 이해한다고 해도 부아가 치미는 건 어쩔 수 없었다. 나는 기차에 올라타는 선배에게 충동적으로 물었다.

"사람의 자격은 누가 정하는 건데요?"

선배의 이야기를 듣고 집에 온 날, 나는 사람이라는 단어를 사전에 검색해봤다. 아마 '사람'이라는 단어 자체를 의식한 것은 그날이 처음이었던 것 같다. 사전에는 이렇게 나와 있었다.

생각을 하고 언어를 사용하며, 도구를 만들어 쓰고 사회를 이루어 사는 동물.

혹은 일정한 자격이나 품격 등을 갖춘 이.

나는 그 자격이나 품격이란 게 도대체 무엇일지, 오래 생각했다.

선배의 대답을 듣기 전에 문이 닫혔다. 아마 선배도 저 질문으로 꽤 골머리를 앓으리라. 그걸로 만족했다.

나는 뒤돌아서서 승강장을 빠져나온 후 선배의 사무실로 향했다. 뜨개질 공방이라는 간판을 달고 있지만 사실은 차원 출입국 관리소라는 그 사무실로. 그리고 곧장 2층으로 올라와 현판 앞에 섰다.

'바늘 이야기—차원 출입국 관리소'.

현판 아래에 새겨져 있는 작은 글씨가 보였다.

'이 문을 지나는 자는 영원한 저주를 받으리라.'

여전히 굉장한 악담이었다. 선배는 안에서 밖으로 나가는 자에게 해당하는 말이라고 했는데, 그렇다면 그 대상은 외차원에서 지구로 들어온 외계인들을 가리키는 것일 터였다. 왜 지구에 들어온 외계인들을 향해 이런 저주의 문구를 써놓은 걸까? 알 수 없었다. 괜히 이 문을 지나다닐 때마다 나만 기분이 나빴다.

문을 열고 들어서자 보이는 것은 익숙한 사무실 풍경이었다. 그런데 늘 같은 자리에 앉아 있던 팸이 보이지 않았다.

"팸?"

두리번거리며 사무실 안쪽으로 한 걸음 디뎠다. 아까 선배는 혼자였던 것 같았는데 팸은 어디로 간 건지 알 수 없었다. 사무실 문을 잠그지도 않고서.

그런데 자세히 보니 그 문이 열려 있었다.

털실이 가득 찬 장식장을 밀었더니 나타났던 그 문 말이다. 차원 공항인지 터미널인지로 이어진다는 그 문이 시커먼 아가리를 벌린 채로 나를 응시하고 있었다. 팸은 저 안으로 들어간 걸까? 선배 없이 팸 혼자서 저 문을 열고 들어갔을 것 같지는 않은데.

열린 틈으로는 아무것도 보이지 않았다. 나는 침을 삼키고 그 문손잡이를 쥐었다.

이미 한 번 들어갔다 와본 적이 있는데도 이 문 안으로 들어가는 건 어쩐지 망설여졌다. 그러나 지금 이 문을 열고 확인하지 않으면 안 될 것 같다는 강렬한 예감이 머리를 스쳤다. 나는 문을 열고 안으로 들어갔다.

그런데 문 바로 아래로 이어지던 계단이 없었다.

급히 뒤로 돌았다. 그러나 계단은 흔적도 없이 사라졌고, 내가 들어왔던 문도 보이지 않았다. 어느새 나는 완전한 어둠 속에 홀로 서 있었다. 아무런 준비도 계획도 없이 이 문을 열고 들어온 것을 후회했다. 문이 열려 있었으니 당연히 뒤로 돌아 나올 수 있으리라고 여겼던 것이다. 문이 사라질 줄도 모르고.

아무리 오래 기다려도 눈이 어둠에 익숙해지지 않았다. 아마도 광원이 하나도 없기 때문일까. 나는 일단 바닥에 주저앉았다. 손으로 바닥을 더듬으며 내가 들어온 쪽으로 짐작되는 방향으로 전진했으나, 곧 방향 감각을 잃어버렸다.

들어온 쪽이 어딘지도 알 수 없는 상태가 되었다. 그제야 덜컥 무서워졌다.

내가 여기에 있다는 걸 누가 알지?

아무도 모른다. 선배는 대전에 내려갔고 팸은 어디로 갔는지 보이지도 않았다. 관장님은 내가 출근하지 않으면 걱정이야 하시겠지만, 어디로 갔는지까지는 짐작할 수 없을 것이다. 이런 어딘지도 모르는 공간에 갇힌 걸 누가… 그때 내 주머니에 핸드폰에 있다는 걸 기억해냈다. 나는 당장 핸드폰 플래시부터 켜고 주변을 비췄다. 그러나 아무것도 없는 공간이 끝없이 이어져 있을 뿐이었다. 역시나 내가 들어왔던 문은 흔적도 없었다.

나는 112 버튼과 119 버튼을 번갈아 누르며 통화를 시도했다. 그러나 통화 가능 지역이 아니라는 응답만 되돌아왔다. 이런 도심 한복판에서 통화 가능 지역이 아니라니 미치고 팔짝 뛸 노릇이었다. 몇 번을 더 시도해봤지만 헛수고였다.

문도 없고, 아무것도 없는 공간만 지평선이 보이지 않을 정도로(사실 그게 진짜인지는 모른다. 어쨌든 내 눈에 보이는 범위 안에서는 끝이 없었다) 펼쳐진 공간에서 내가 할 수 있는 건 별로 없었다. 시간이 얼마나 흘렀을까? 내 감각으로는 적어도 몇 시간은 흐른 것 같은데 핸드폰을 보니 겨우 30분이 흘러가 있었다. 핸드폰 배터리는 30퍼센트 남짓 남아 있었고, 나는 그걸 배터리 절약 모드로 돌렸다. 플래시를 켜고 있으면 배터리가 너무 빨리 닳을까 봐 그것도 껐다. 이윽고 다시 익숙한 어둠이 찾아왔다.

나는 아예 바닥에 드러누웠다. 눈을 감고 있으면

좀 덜 무서울까 싶었는데 별로 소용은 없었다.

그러고 얼마쯤 시간이 흘렀을까.

멀리서 무슨 소리가 들렸다. 처음엔 무슨 흐느끼는 소리인 줄 알았다. 누가 우는 것 같은 소리가 멀리서부터 천천히 가까워지고 있었다. 내가 낸 소리인가 하면 그것도 아니었다. 나는 몸을 일으켜 소리가 가까워지는 방향으로 핸드폰 불빛을 비추었다.

그리고 상대방이 내가 불빛으로 비추는 범위 안으로 들어왔을 때, 그 정체불명의 소리가 노랫소리였다는 걸 깨달았다. 그건 선배가 지난 한 달 내내 부르던 머라이어 캐리의 노래였다. 물론 지금 들리는 노래와 머라이어 캐리의 노래 사이에는 아주 큰 차이가 있었다. 그런데 그 노래를 부르는 사람이 선배가 아니었다. 내가 불빛을 비추는 범위 안으로 들어온 사람은 머리카락이 땅에 닿을 정도로 긴 여자였다. 한쪽으로 땋은 머리가 바닥까지 늘어져 질질 끌리고 있었다. 머리칼 전체가 하얗게 세 노인 같아 보이기도 했다.

굳이 누구냐고 물을 필요는 없었다. 그 노래로 그냥 자연스럽게 알게 됐으니까.

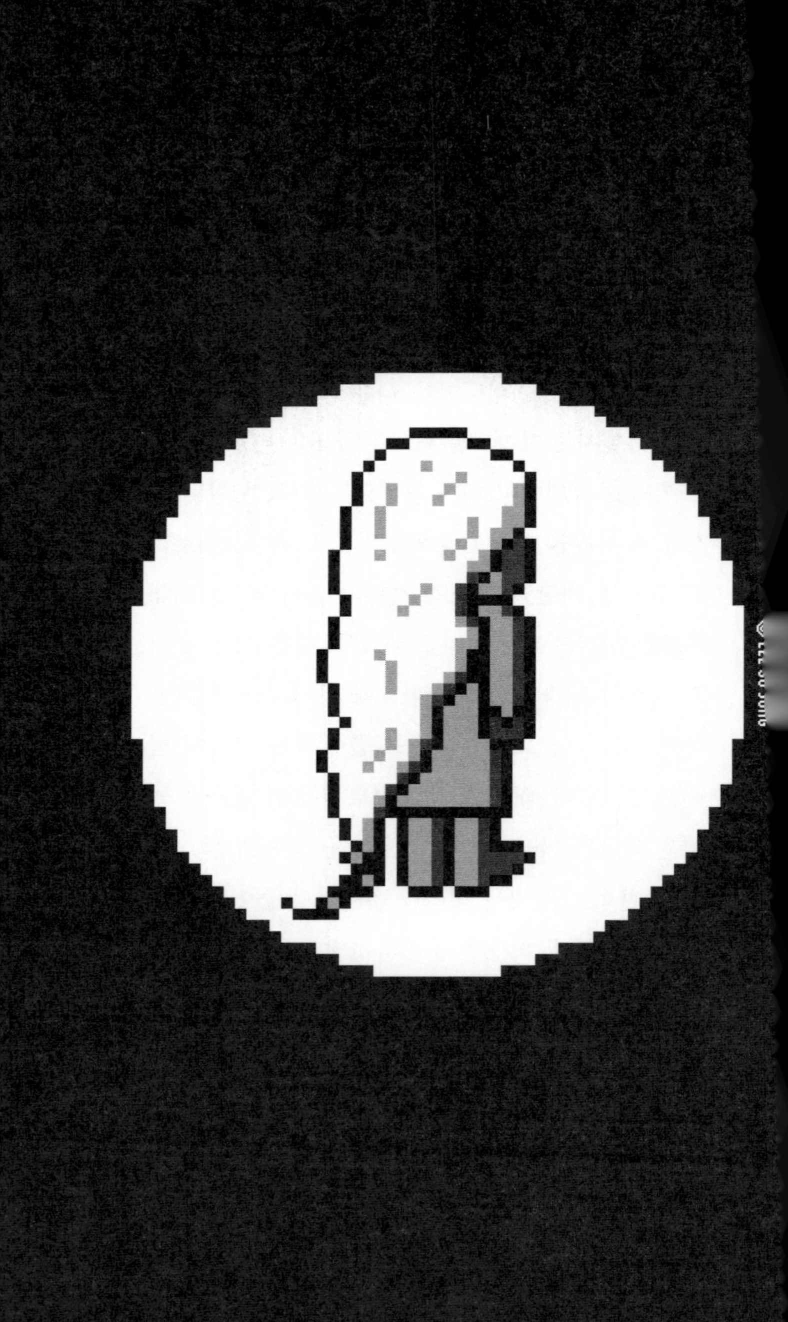

언니를 죽인 범인을 막상 눈앞에 두자 무슨 말을 해야 할지 알 수 없었다. 지금 내 속에 뒤엉켜 있는 감정이 정확히 무엇인지도 정의할 수 없었으니까. 분노? 원망? 죄책감? 그것도 아니면 슬픔인가? 지금 당장 칼이라도 들고 저 여자를 향해 달려들면 모든 게 끝날까? 그럴 리가 없지 않은가. 이미 언니는 여기에 없고, 다시는 돌아오지 못할 길을 떠났는데.

한 가지 확실한 것은 조금 전까지 어둠 속에서 느꼈던 두려움은 흔적도 없이 사라졌다는 것이다. 나는 놀라울 정도로 침착해졌다. 그리고 곧 노랫소리가 뚝 끊어졌다. 전대 소장 아일라는 내 얼굴을 물끄러미 쳐다보더니 이윽고 말했다.

"안녕."

그리고 아일라는 큼, 하고 목소리를 다듬었다.

"나는…."

오래 말을 하지 않았는지 목소리가 탁하고 거칠었다. 나는 아일라가 말할 때까지 기다렸다.

"지구에서는 증거를 찾을 수 없다고 판단했어."

이제 고작 한 번 인사를 나누었을 뿐인 사람에게 건네기에 적당한 화제는 아니었다. 그래도 나는 물었다.

"무슨 증거요?"

"지성체가 존재한다는 증거."

아일라는 느릿느릿한 말투로 천천히 중얼거렸다.

"너무 오랜 시간을… 찾아 헤맸는데. 전쟁, 두 번의 전쟁 이후에도 인간에게서 가능성을 발견할 수 없었어."

혼자 중얼거리는 모습이 이미 내 말은 듣고 있지도 않은 것 같았다. 지성체라는 말을 듣자마자 나는 그게 선배가 말하던 그 '사람'이라는 것을 알았다. 나는 눈앞의 이 외계인이 내 말을 제대로 듣고 있지 않다고 판단했고, 혼잣말을 내뱉었다.

"빌어먹을 지성체가 뭔데? 인간이 왜 지성체가 아니라는 건데?"

바로 대답이 돌아왔다.

"살아 있는 존재에 대한 연민."

나는 그 말을 단번에 이해하지 못했다. 지성체와 지성체가 아닌 종을 가르는 기준이 살아 있는 존재에 대한 연민이라니. 그게 무슨 말인가.

"기준이 왜 그따위예요?"

선배의 기준에서 인간은 사람이 아니라는 말을 듣고 나서 나는 사람의 자격에 대해 생각했다. 그런데 그 기준이라는 게 이런 의미였을 줄은 예상조차 하지 못했다.

당연히 이 기준으로는 사람이 될 수 있는 인간이 없기 때문이다. 물론 어딘가에는 마더 테레사의 현신과 같은 인간이 있을 수 있다. 그러나 보통의 평균적인 인간을 생각해보라. 살아 있는 존재는 고사하고 내 이웃에게조차 연민할 수 없는 인간들이 대다수다. 물론 나 역시 지극히 평범한 일반 인간이다. 저 기준으로는 나도 사람의 범주에 들어갈 수 없다.

하지만 그렇다고 해서, 그게 인간을 마구잡이로 죽여도 된다는 뜻은 아니다.

더군다나 자신이 지성체라고 주장하는 외계인들이 해도 되는 일은 아니었다.

내 생각을 어떻게 알았는지 아일라가 느릿느릿 말했다.

“그 인간들에게 유감은 없었어.”

그 말에 내 인내심이 뚝 끊어졌다. 나는 아일라의 멱살을 잡아 올렸다. 아일라는 수수깡이라도 되는 듯 가벼웠다. 그리 큰 힘으로 당기지 않았는데도 확 딸려오는 바람에 목이 졸렸는지 캑캑거리는 소리를 내며 내 손을 붙잡았다.

"그럼 왜? 왜 죽였어?"

"죽인 게 아니야…. 아니, 맞지만…."

아일라는 웅얼거렸다. 내가 한 번 더 재촉하자 목소리를 조금 키웠다.

"스스로의 운명을 결정할 권리…."

"무슨 소리냐고. 똑바로 말해."

"지성체가 아닌 종에게도 스스로 운명을 결정할 권리가 있어."

대화가 아니라 선문답을 하는 기분이었다. 도대체 무슨 소리를 하는 건지 이해가 가지 않아 내가 다시 한번 되물었다.

"그게 당신이 인간을 죽이고 다닌 것과 무슨 상관이 있는데?"

아일라는 망설이다가 입을 열었다.

"그들이 스스로 죽기를 원했기 때문이야."

그 말에 나는 우뚝 멈춰 섰다.

어쩌면 그럴지도 모른다고 생각한 적도 있었다.

내가 정말 예상하지 못했나. 언니의 죽음은 우리에게 닥친 갑작스러운 불운이 맞는가. 그런 의심이 마음 한구석에 피어났지만, 운이 지독히 나빴다고 생각하는 편이 훨씬 편리했기 때문에 나는 그 가능성을 모른척했다. 퇴근길에 연쇄 살인범과 맞닥뜨리는 불운이 언니의 목숨을 앗아갔다고. 이건 우리에게 우연히 일어난 재난에 가깝다고. 어쩌면 그렇게 원망할 대상이 명확해서 다행이라고, 생각하기도 했던 것 같다.

무엇이든 언니가 자살했다고 생각하는 것보다는 나았으니까.

"말도 안 되는 소리 하지 마."

말도 안 되는 소리라고 생각했나? 정말로?

그럴지도 모른다고 생각했으면서.

내 입에서 나오는 말이 역겨워서 나는 입을 틀어막았다. 토기가 치밀어올랐다.

문득 떠오르는 풍경이 있었다. 대학에 들어가고 나서 나는 집에 늦게 들어오는 날이 많아졌고 언니가 어떻게 사는지는 관심 밖의 일이 된 지 오래였다. 늦은 밤이나 새벽녘 집에 돌아오면 언니는 자고 있거나, 멍하니 텔레비전을 보고 있거나 했다. 그러고는 "왔어?" "응." "밥 먹었어?" "응, 친구들이랑." 이런 비슷한 대화가 몇 번 이어지고 끊어졌다.

어느 날은 집에 와보니 정전이 되어 있었다. 언니는 깜깜한 거실에 혼자 우두커니 앉아서 어딘가를 보고 있었다. 창밖이었다. 주변 빌라들 역시 다 함께 정전이었기에 무언가가 보이지도 않았고 반대편 창문에 뭐가 비친 것도 아니었다. 언니는 그저 그 새카만 어둠을 응시하고 있었다. 나는 집 안의 서랍이란 서랍은 모조리 열었다 닫았다 정신없이 초를 찾으며 물었다.

"그쪽에 뭐가 있어?"

"아니."

"아무것도 안 보이는 창문을 대체 왜 그렇게 열심히 들여다보는 거야?"

아무것도 보이지 않는데 좀처럼 움직이려 들지 않는 언니가 거슬렸다. 초를 찾든, 라이터를 찾든, 뭐라도 좀 해야지. 왜 멍하니 있어? 그렇게 묻자 언니는 바람이 빠지는 듯한 웃음 소리를 냈다.

"불 곧 들어올 거래. 그럼 초는 뭐 하러 켜?"

"뭐래. 그럼 어차피 똥으로 나올 건데 밥은 왜 처먹냐."

내 말에 언니는 조금 더 큰 소리로 웃었다. 그러다 한마디 툭 던졌다.

"네 말이 맞아, 이은호. 근데 나는 이제 그 과정에 별로 궁금한 게 없어."

오늘 저녁 반찬으로 뭘 해먹을지, 좋아하는 뮤지컬 배우의 다음 작품이 무엇일지, 내일은 날씨가 어떨지 궁금하지가 않아.

그 말이 무슨 의미인지 그 당시 나는 이해하지 못했다. 궁금하지 않은 게 뭐? 그러나 언니는 내 물음에 대답해주지 않았고 본인이 말을 안 하는데 내가 먼저 아는 척하기는 좀 그렇다는 핑계로 나는 이 문제를 뒤로 밀어두었다.

덕분에 언니가 그때 어떤 생각을 하고 있었는지, 지금까지도 나는 모른다.

아마 앞으로도 영영, 영원히.

어느새 얼굴이 온통 눈물로 젖어 있었다. 아일라

는 내 얼굴을 응시하다 볼 쪽으로 손을 뻗었다. 무슨 짓을 하려는 건가 싶었지만 아일라는 그저 눈물을 손가락으로 닦아주기만 했다. 그 사소한 몸짓 때문에 더 눈물이 멈출 생각을 하지 않았다. 이 외계인은 지금 나를 연민하고 있었다. 그러니 참을 수가 없었고, 참아봤자 별수 있을 것 같지 않았다.

내 손에서 힘이 풀리며 아일라가 스르륵 바닥에 떨어졌다. 아일라의 옷깃은 내가 잡았던 모양 그대로 구겨져 있었다.

어디선가 언니의 웃음소리가 들리는 듯했다. 왜 그래야 했을까. 항상 당당하고, 겁이 없었던 사람에게 무슨 일이 있었단 말인가. 아니다, 무슨 일이 있어서는 아니었을 수 있다. 언니에게는 언니의 슬픔이 있었을 것이다. 누구도 다른 사람의 슬픔의 깊이를 가늠할 수는 없으므로 내가 함부로 언니의 결정을 비난할 수는 없는 노릇이다. 그렇다. 그렇다면 나는 이미 벌어진 일을 받아들일 수밖에 없다.

누구를 원망하지도, 비난하지도 않고 그저 그렇게.

아일라는 내 생각을 듣고 있는 것 같았다. 내가 그렇게 생각하자 아일라가 고개를 끄덕였다.

그때 어딘가에서 팸의 목소리가 들려왔다.

"은호, 은호 거기에 있어?"

이어서 작게 욕설 섞인 물음도 들렸다.

"빌어먹을, 소장님도 아직 거기 있죠? 이은호는 어쩌다 거길 들어간 거야?"

아일라는 허공의 어딘가를 응시하더니 대답했다.

"차원 공항으로 연결해달라고 했잖아, 팸."

"제가 미쳤다고 공항을 파괴한다는 사람을 공항으로 연결해줘요? 지금이라도 단념한다고 하면 꺼내줄게요. 단념한다고 해보세요."

대답은 한 박자 늦게 나왔다.

"…단념할게."

"거짓말이죠?"

이어지는 대화를 듣다 보니 눈물이 멎었다. 볼에 남아 있던 눈물 자국도 말라붙을 즈음 팸이 한 톤 올라간 목소리로 소리쳤다.

"도대체 80년 동안 어디서 뭘 하다가 인제 와서 나타나서 갑자기 공항을 파괴한다니. 미치지 않고서야…. 아니, 이거 사장님도 아는 얘기예요?"

"정원은 몰라. 일부러 대전 쪽으로 단서를 흘렸으

니까 지금쯤 거기서 헤매고 있겠지."

그 말대로였다. 아까 정원 선배는 KTX를 타고 대전으로 출발했으니까. 순간이동을 하거나 대전에 가는 도중에 뭔가 이상함을 감지하고 내리지 않았다면 선배가 제시간 안에 여기 돌아올 일은 없으리라. 아일라는 그것까지 예상하고 있던 듯했다. 나는 아일라를 향해 물었다.

"공항은 왜 없애려는 거예요?"

"결론을 내렸기 때문이야."

"무슨 결론이요?"

"지구가 문명화된 차원이 아니라는 결론."

"그게 공항 파괴랑 무슨 상관인데요?"

이 사람과의 대화는 여전히 종잡을 수가 없었다. 사고의 흐름을 몇 단계는 건너뛰고 말하는 게 익숙해 보였는데 아마도 오랫동안 누군가와 대화할 일이 없어서 그런 것 같았다. 지나치게 사회성이 떨어지는 말투를 구사하는 아일라가 말했다.

"연방 의회가 지구를 보호하는 이유는 지구가 미개 문명 차원으로 분류되어 있기 때문이야."

그 말에 더 아리송해졌다. 그게 왜 차원 공항을

파괴할 이유가 된단 말인가?

"보호한다는 말은 바꿔 말하면 배제한다는 말이야."

그게 그렇게 되나?

"외차원의 존재 자체를 은폐하는 방식이지. 지구에 들어오는 모든 외차원인들은 어떤 이능력도 사용할 수 없으며 인간의 몸을 빌려야 해."

그게 잘못된 것인가에 대해서는 한 번도 생각해본 적이 없었다. 그야 당연히, 갑자기 외계인이 나타나면 사회에 혼란이 야기될 테고, 그럼 전쟁이나 내전이 일어날지도 모르는 일이니까. 외계인을 공공의 적으로 간주할지, 아니면 우호적 교류를 이어갈 수 있는 동반자라고 판단할지 그건 알 수 없는 노릇이지만. 어쨌든 지구인인 내가 보기에는 그런 혼란이나 갈등은 피할 수 있다면 피하는 게 좋다고 생각했었다.

"누군가 어떤 사실에 대해 '네가 알게 되면 너무 위험한 정보니까 너를 보호하기 위해서 알리지 않았다'고 말하면 너는 수긍할 수 있겠나?"

그렇게 물으니 할 말이 없었다.

"심지어 그게 네 지각의 범위 자체를 바꿔놓을 수 있는 중대한 정보라면?"

"은폐할 권리는 누구한테서 나오죠?"

"연방 의회."

생각해보니 이상한 이야기였다. 연방 의회는 어째서 미개하다고 판단한 차원을 보호하는가? 그들이 무슨 권리로?

"나는 인간을 지성체로 인정해야 한다는 증거를 찾지 못했다. 그러나 설사 지성체로 인정받을 수 없다고 하더라도 그들의 운명은 그들 스스로 결정해야 해."

아일라는 그렇게 말하고는 일어섰다. 그런데 그때 팸의 목소리가 들려왔던 방향에서 정원 선배의 목소리가 들렸다.

"그건 지나친 이상론이에요, 아일라."

선배가 순간이동을 할 수 있다는 말은 듣지 못했으니 아마도 중간에 뭔가가 이상함을 감지하고 돌아온 모양이었다. 정원 선배는 말을 이었다.

"보호받아야 하는 차원은 마땅히 보호받아야 해요. 외차원의 존재를 받아들일 준비가 되지 않은 상태에서 외차원인들이 들이닥치면 그 차원에는 미래가 존재하지 않을 겁니다. 그 혼란과 갈등을 지구는 감당할 수 없을 거예요. 그걸 막는 것이 제 일입니다.

그리고 아일라, 당신이 해야 했던 일이고요."

"감당할 수 없을 거라는 것도 결국 의회의 판단이야."

"아니라고 생각하세요?"

"그래, 지금은 그런 능력이 없다고 쳐. 그런데 언제까지 보호할 거지? 의회는 기한을 정해놓았나? 안달로프 차원을 발견한 지 벌써 2백 년, 아니 3백 년에 가까워지고 있어. 의회는 언제까지 이들에게 능력이 없다고 판단할 건가?"

정원 선배가 대답하지 않자 아일라가 말을 이었다.

"의회의 판단이 틀렸을 가능성은?"

"…의회는 각 차원의 지성체를 대표하는 의사결정기구입니다."

"지성체의 판단은 틀리지 않나?"

그 후로도 비슷한 논쟁이 이어졌다. 그 이야기를 듣고 있던 나만 어이가 없어졌다.

"저기, 잠시만요."

내가 끼어드는 바람에 정원 선배와 아일라의 논쟁은 뚝 끊어졌다. 나는 대체 어디서부터 잘못을 지적해야 하는지 몰라 난감한 심정으로 입을 열었다.

"우리가 뽑지도 않은 대표가 왜 우리 차원의 운명을 결정해요?"

아일라의 말에 완벽히 동의한다는 이야기는 아니었다. 지금 당장 외계인들이 지구에 나타난다면 분명 사회는 혼란스러워질 것이고, 그들을 공격해야 한다는 의견도, 혹은 손을 잡고 우호적인 관계를 맺어야 한다는 의견도 나올 것이다. 어느 쪽이 우세할까는 짐작할 수 없었다. 어쩌면 외계인의 존재를 받아들이지 못하는 인간들이 더 많을 수도 있다. 어쨌든 그건 사회가 겪어야 할 진통이었다. 겪지 않고 지나가는 법 같은 건 없다.

그렇다고 해서 지금 상태가 나은가?

지성체라고 자신을 칭하는 종들이 의회랍시고 모여서 지구는 미개 차원이라고 땅땅 못을 박고, 그러므로 그들은 보호해야 한다고 말한다. 그 의회라는 곳에 지구인 대표는 없을 것이 분명했다. 나는 부당하다고 생각했다. 그래, 부당하다.

"잘나신 댁들이 보기에 인간이 지성체가 될 수 없다고 하면 그건 그래, 그런가 보다 하고 넘어갈 수 있어요. 내가 보기에도 인간이 덜된 새끼들이 너무 많으니까."

나는 아일라의 말을 곱씹었다.

지성체로 인정받을 수 없다고 하더라도 그들의 운명은 그들 스스로 결정해야 해.

아일라의 말이 맞다. 어쨌든 그 결정은 우리가 해야 할 몫이었다.

이 생각을 전에도 한 것 같은데, 인류 역사에서 아직도 논란 중인 두 명제가 있다. 내가 보기엔 둘 다 맞는 말이다. 모르는 게 약인 것도 사실. 그리고 아는 게 힘이란 말도 사실. 물론 대부분의 일에서 모르는 게 약이라는 명제가 승리하는 것도 맞다. 외계인의 존재 역시 마찬가지다. 모르고 사는 편이 훨씬 나을 수도 있다.

"난 그래도 알아야겠다면요?"

정원 선배는 내 말을 듣고는 다 들리도록 크게 한숨을 쉬었다. 아일라 역시 아무 말도 하지 않은 채 나를 응시했다. 선배가 팸에게 말했다.

"문 연결해줘."

"네? 사장님, 그렇지만 들으셨잖아요? 저 미친 소장이 공항을 파괴할 거라고요!"

그렇게 비명을 지른 팸은 내게 물었다.

"은호, 너 지금 차원 공항을 파괴한다는 게 어떤 의미인지 알아?"

"몰라요."

"모르니까 태평하지. 야, 공항이 없어진다는 건 아무나 불법으로 안달로프 차원으로 들어와도 우리는 알 수도 없고, 할 수 있는 게 없어진다는 뜻이야. 불법 체류자 천국이 될 거라고. 너 우주에 종차별주의자가 얼마나 많은지 알아? 우주 해적은 어떻고? 온갖 놈들이 지구에 몰려들어서 쑥대밭을 만들어 놓을 거야."

종차별주의자라. 내가 알기로 세상에서 제일가는 종차별주의자는 인간이라고 단언할 수 있다. 종차별주의자와 종차별주의자가 싸우면 누가 이길까?

내가 그렇게 대답하자 팸은 너도 제정신이 아니라고 한숨을 푹푹 내쉬다가 중얼거렸다.

"난 몰라. 너희가 알아서 해."

그리고 곧 아무것도 없던 공간 안에 문이 하나 생겼다.

아일라가 내게 물었다.

"내가 차원 공항을 파괴할 걸 알면서도 내버려둘 건가?"

"공항은 왜 부수려는 건데요?"

그런 짓을 해서 무슨 의미가 있어? 사실 그런 과격한 방법을 쓸 필요까지 있을까 싶었다. 공항에 드나드는 사람들이 죽거나 다치게 될지도 모르는 일이었다. 물론 그 사람들이 인간들이 아니라 외계인들이라는 건 알지만.

"그놈들은 이깟 걸로 죽거나 다치지 않아. 의회 놈들에게 보여줄 거야. 모든 종족이 네놈들의 통제대로 움직이지는 않는다는 걸. 스스로 지성체라 부르는 자들의 오만함을 세상에 보여줄 거야. 너도 그러길 바라잖아?"

아일라는 그렇게 말했지만 아일라의 짐작과 달리 내게는 그런 거창한 명분 같은 게 없었다. 의회를 향한 반감이나 우주와 모든 차원의 종의 미래 같은 건 이미 내가 인식할 수 있는 범위를 훌쩍 뛰어넘었다. 나는 모든 인간을 대표하지 않고, 그럴 수도 없다. 다만 내가 원하는 것은 인간이 자신의 미래를 자유롭게 선택할 수 있는 권리였다. 그러니 아일라와 이 점에서

만큼은 뜻을 같이한다고 볼 수도 있었다. 나는 언니가 그 크리스마스이브에 내게 했던 말을 곱씹었다.

사람은 어차피 다 똑같아. 아빠는 그냥 너한테서 자기 자신을 비춰본 것뿐이야. 근데 사람이 하는 짓이 대부분 그래. 그러니까 앞으로는 네 인생에 관심도 없는 남들이 뭐라건 좆까라 그래.

그래서 그렇게 하기로 했다. 나는 아일라를 제치고 문손잡이를 쥐었다. 차가운 금속의 느낌이 손바닥을 타고 전해졌다.

문을 열었다. 멀리서부터 천천히 조명등이 켜지기 시작했다. 여명이 밝아오듯 빛이 들어왔다. 아무것도 없던 공간에 빛이 생기며 하늘이 생겼다. 예전에 이 문 너머에서 보았던, 구름 한 점 없는 파란 하늘이 보였다. 눈이 부셨다.

그곳에서 해가 뜨고 있었다.

*

눈을 뜬 건 관장님이 나를 부르는 소리를 들었을 때였다.

"이은호, 아직도 자?"

나는 소스라치게 놀라며 자리에서 일어났다. 주위를 둘러보니 익숙한 태권도장 매트가 보였다. 관장님은 해가 중천에 떴는데 아직도 자빠져 있으면 어떡하냐면서 내 눈앞에 대고 손을 휘휘 흔들었다. 그래도 내게서 아무런 반응이 없자 물었다.

"왜 그래?"

"아, 아니요."

"일어났으면 나가서 눈 좀 쓸어라. 밤새 내렸어."

관장님은 혀를 차며 창문을 열었다. 세상이 하얗게 물들어 있었다. 눈에 반사된 햇빛 때문에 눈이 부셨다. 창문을 내다보자 관장님 말대로 제법 쌓인 눈이 보였다. 관장님이 말했다.

"오늘은 짜장면 배달도 안 된단다. 대충 저 앞에서 김밥 사다가 먹자. 오뎅 국물 많이 달라고 해서."

"그럴까요."

짧게 대답하고는 빗자루를 들고 도장을 나왔다. 손을 들어봤다. 손잡이를 잡았을 때의 차가운 금속의 감촉이 아직도 남아 있는 것 같았는데, 눈을 몇 차례 쓸다 보니 그것도 금세 사라졌다. 이럴 때 보면 세상은 아직도 그대로인 것만 같다.

눈을 치우고 도장으로 돌아오자 관장님이 김밥과 오뎅을 먹으라고 했다. 나는 김밥을 꼭꼭 씹어 먹으며 관장님이 틀어놓은 뉴스를 보았다.

주안, 광주, 그리고 서울에 걸쳐 일어나던 연쇄 살인 사건의 범인이 잡혔다는 소식이었다.

관장님은 내가 그쪽으로 시선을 두자 당황하며 채널을 돌리려고 했다. 나는 그럴 필요 없다고 말했다.

관장님이 여전히 내 눈치를 보며 중얼거렸다.

"도대체 저 말을 믿어야 하는 건지, 말아야 하는 건지 모르겠다."

아일라가 자수한 지도 벌써 일주일이었다. 처음 아일라가 본체의 모습으로 종로경찰서 앞마당에 나타났을 때, (이미 거기가 경찰서였음에도 불구하고) 경찰은 아일라를 포위하고 조명을 비추며 총기를 겨누는 등 요란법석을 떨었다. 헬기도 몇 대 날았던 것 같다. 어쩌면 전투기였는지도 모른다. 취재 열기도 만만치 않았다. 내가 이름을 아는 방송국과 신문사들은 물론이고 생전 처음 들어보는 인터넷 신문사들까지, 경쟁적으로 아일라를 향해 마이크를 들이밀었다.

저러다 공격이라도 하면 어쩌냐. 너무 위험한 거

아니냐는 여론 역시 심심찮게 있었다. 겁에 질려 도망가는 사람들도 있었다. 그러나 아일라가 아무런 공격도, 심지어 어떤 행동도 하지 않은 채 경찰서 마당에 우두커니 서 있은 지 사흘째가 되자 사람들은 차츰 경계심을 풀기 시작했다. 나흘째가 되자 서울 시장이 다녀갔고, 닷새째가 되자 대통령이 모습을 드러냈다. 대통령은 차마 아일라의 근처까지 다가오지도 못하고 멀리서 확성기를 들었다.

당신은 누구냐, 어디에서 왔느냐, 경찰서 앞에 나타난 이유가 무엇이냐, 같은 것들을 물어도 아일라는 대답해주지 않았다.

그리고 엿새째.

외계인이 나타났다는 소식(그러나 그 외계인이 해를 끼칠 것 같지는 않다는 확신)이 퍼지고 드물지만 몇몇 부모들은 애를 데리고 종로경찰서 앞에 나타나곤 했다(저기 봐. 외계인이야. 신기하지?) 그중 한 아이가 부모가 잠시 카메라를 들여다보는 사이에 아일라의 코앞까지 다가갔다.

그리고 "안녕하세요?" 건넨 인사에 처음으로 아일라가 반응했다. 그 이후는 뉴스에서 설명하는 대로였다. 아일라는 지구의 어린 소녀에게 놀라게 해서 미안하다는 사과를 전한 후, 자신이 몇 달 동안 이어진 주안시 연쇄 살인 사건의 범인임을 자백했다. 물론 그 고백과 동시에 아일라를 어린 자녀에게 구경하게 해주려던 학부모들의 발길은 뚝 끊어졌다.

아일라는 담담하게 사실만을 전했다. 그들이 죽고 싶어 했고, 자신이 그들의 자살을 방조, 혹은 적극적으로 동조했다고. 자신은 여기에서 죗값을 치르고 본래 자신의 차원으로 돌아가고 싶다고 했다. 그 말들에 거짓은 없었다.

아일라의 등장을 기점으로 앞으로 지구에는 외차원인의 방문이 빈번해질 것이다. 그날 우리가 차원 공항을 파괴해버렸기 때문이다. 차원으로 들어오는 외계인을 통제하고 그들이 외부에 신원을 드러내는 것을 막던 시설이 사라졌으니 앞으로 지구를 기다리는 것은 혼돈과 소란뿐이리라.

그러나 그것은 존재에 마땅히 수반되는 혼돈이었다.

주머니 속에서 핸드폰이 진동했다. 꺼내 보니 정원 선배의 번호가 떠 있었다. 전화를 받자마자 선배가 소리를 질렀다.

"빨리 안 오고 뭐 해? 방금 불법 체류자가 대량으로 차원을 통과했어!"

"또요?"

"또요? 가 아니지. 이게 다 너 때문이잖아."

"그게 꼭 저 때문만은 아니죠."

아일라를 걸고넘어지자 선배는 한숨을 쉬며 대꾸했다.

"그래서 네 책임이 없다고? 둘이서 공항을 반파시켜놨으면서. 그거 복구한다고 청구된 돈만 지금 얼만 줄 알아? 네 책임 분만큼 일해야지. 빨리 튀어와."

내 대답도 듣지 않고 전화가 끊어졌다. 나는 주머니에 핸드폰을 도로 집어넣으며 일어섰다. 관장님에게는 다른 알바 일로 급한 일이 생겨서 다녀오겠다고 전한 후 도장을 나섰다. 밖에는 다시 눈이 내리고 있었다.

나는 걸었다. 걷다가 보폭을 조금 더 빨리했다. 그러다 뛰기 시작했다. 나는 이제 스쳐 지나가는 사람들 사이에서 누가 외계인이고, 누가 지구인인지 걱정하지 않는다. 그런 걱정은 해봤자 소용없고, 나는 살아가야 하기 때문이다. 앞으로 얼마나 더 살지는 모르지만 어쨌든 살아 있다. 살아 있다 보니 언니의 말을 이해하는 날이 오기도 한다. 살아가는 과정에 더는 궁금한 것이 없었다는 말을 나는 언니가 없는 세상을 견디며 이해했다.

여전히 언니의 선택을 이해할 수는 없다. 언니가 스스로 죽기를 선택했다는 걸 안 지금도 그렇다. 그 죽음에 동조한 외계인을 용서할 수도 없었다. 그러나 내가 용서하고 자시고 그게 중요한가. 나의 용서는 아무런 힘이 없다. 원망도 그렇다. 언니에게는 그럴 수밖에 없었던 이유가 있었을 것이라 믿고 싶다. 나도 그 문턱까지 간 적이 있었으므로. 그 문턱에서 가까스로 돌아 나오고 나서야 나는 궁금해졌다.

언니가 없는 세상이 앞으로 어떻게 변할지.

동시에 어떤 사람은 그렇게 떠나기도 한다는 사실을 받아들인다. 외계인이 내 삶에 침입해 들어온 것처럼, 그렇게.

〈끝〉

작가의 말

SF 중편 소설을 쓰겠다고 생각했을 때, 이번에는 외계인에 관한 이야기를 써야겠다고 생각했다. 어떤 구체적인 계획이나 시나리오가 있었던 것은 아니다. 그저 이번에는 무조건 외계인 이야기가 쓰고 싶었다. 외계인이 등장하는 이야기는 이전에도 한 번 써 본 적이 있는데 그보다는 좀 더 본격적으로 인간과 인간이 아닌 존재에 대해 다루고 싶었다.

편견으로 가득 찬 인간의 눈으로 보기에 인간과 인간이 아닌 존재를 가르는 건 그리 어렵지 않은 일이다(물론 자세히 파고 들어가면 논란의 여지가 있다. 하지만 여기서 논의하지는 않을 것이다). 국어사전에 등재된 '사람'의 정의는 다음과 같다. 생각을 하고 언어를 사용하며, 도구를 만들어 쓰고 사회를 이루어 사는 동물. 혹은 일정한 자격이나 품격 등을 갖춘 이. 이와 같은 정의로 본다면 외계인 역시 인간 혹은 사람에 속한다고 볼 수 있을 것이다. 그들 역시 생각을 하고 언어를 사용하며, 사회를 이루어 살고 있다면. 실제로 외계인이 지구를 방문했을 때 우리가 그들을 인간으로 대접할지 어떨지를 떠나서 말이다.

그런데 만약 우리 바깥, 그러니까 외부의 시선으로 인간을 바라본다면 어떨까? 외계인이 사람과 사람이 아닌 것을 나누는 기준은 무엇일까? 그들은 과연 우리와 같은 기준으로 사람을 구분할까? 그런 것들이 궁금했다.

작중에서 외계인이 사람과 사람이 아닌 것을 가르는 기준은 살아 있는 모든 존재에 연민할 수 있는 능력이다. 살아 있는 모든 존재를(심지어 뇌도 심장도 없는 해파리마저도) 똑같은 윤리적 고려의 범주로 통합할 수 있는가, 없는가. 한마디로 자기가 속한 종의 범위를 넘어 공동체를 확장할 수 있는지에 달렸다. 이 기준을 따르자면 어쩌면 우리 대부분은 사람이 되었다가 못 되었다가 할지도 모르겠다. 그러나 어쨌거나 그들이 기준을 가지고 나눈다는 점에서 인간이 저지르는 실수와 똑같은 짓을 되풀이할 수도 있는 오류를 품고 있다고 생각한다(실제로 이 소설의 우주에는 무수히 많은 종차별주의자가 있다).

그리고… 또 무슨 말을 할 수 있을까?

사람들이 외계인을 궁금해하고 알고 싶어 하는 것은 아마도 내가 이해할 수 없는 타자라는 존재를 있는 힘껏 이해해보고 싶어서인지도 모른다. 이 글을 쓰며 나도 이해할 수 없었던 누군가를 이해해보려고 했다. 그 시도가 성공적이었는지는 알 수 없다. 아마도 계속해서 이해하려는 노력을 기울여야 겨우 알 것 같다는 느낌, 그러니까 실마리나마 손에 쥘 수 있는 게 아닌가 싶다.

동시에 어떤 사람은 그렇게 떠나기도 한다는 사실을 받아들인다. 외계인이 내 삶에 침입해 들어온 것처럼, 그렇게.

윤이안

dot. 11

인간놀이

초판 1쇄 발행 2024년 7월 10일

지은이 윤이안
펴낸이 박은주
디자인 김선예, 이수정
마케팅 박동준

발행처 (주) 아작
등록 2015년 9월 9일 (제2023-000057호)
주소 07236 서울특별시 영등포구 의사당대로 38 102동 1309호
전화 02.324.3945-6 **팩스** 02.324.3947
이메일 arzaklivres@gmail.com
홈페이지 www.arzak.co.kr

ISBN 979-11-6668-811-9 04840
979-11-6668-800-3 04840 (세트)